Viamão
A Trincheira Farroupilha

Alcy Cheuiche

Viamão
A Trincheira Farroupilha

1ª edição / Porto Alegre-RS / 2024

Capa: Marco Cena
Produção editorial: Maitê Cena e Bruna Dali
Revisão: Simone Borges
Produção gráfica: André Luis Alt

Dados Internacionais de Catalogação na Publicação (CIP)

C526v	Cheuiche, Alcy
	Viamão - a trincheira Farroupilha. / Alcy Cheuiche. - Porto Alegre: BesouroBox, 2024.
	184 p. ; 15,6 x 23 cm
	ISBN: 978-85-5527-143-4
	1. Literatura brasileira – romance histórico. 2. História – Revolução Farroupilha. 3. Rio Grande do Sul – história. I. Título.

CDU 821.134.3(81)-94

Bibliotecária responsável Kátia Rosi Possobon CRB10/1782

Copyright © Alcy Cheuiche, 2024.

Todos os direitos desta edição reservados a
Edições BesouroBox Ltda.
Rua Brito Peixoto, 224 - CEP: 91030-400
Passo D'Areia - Porto Alegre - RS
Fone: (51) 3337.5620
www.besourobox.com.br

Impresso no Brasil
Agosto de 2024.

Ao jornalista
José Barrionuevo,
grande lutador cultural,
que me convenceu
a escrever este livro.

Sumário

Ouverture 11

Capítulo I
VIAMÃO, 31 de julho de 1835 17

Capítulo II
RIO DE JANEIRO, 1º de setembro de 1835 23

Capítulo III
MORRO DA FORTALEZA E PORTO ALEGRE,
19 de setembro de 1835 27

Capítulo IV
PORTO ALEGRE E MORRO DA FORTALEZA,
20 de setembro de 1835 33

Capítulo V
VIAMÃO E ILHA DO FANFA,
início da primavera de 1836 39

Capítulo VI
RIO DE JANEIRO, dezembro de 1836 47

Capítulo VII
VIAMÃO, 22 de setembro de 1837 53

Capítulo VIII
PIRATINI, 1º de setembro de 1838 59

Capítulo IX
PORTO ALEGRE, 4 de abril de 1839 69

Capítulo X
FOZ DO RIO CAMAQUÃ
COM A LAGOA DOS PATOS,
16 de abril de 1839 77

Capítulo XI
SETEMBRINA, 2 de maio de 1839 83

Capítulo XII
MARGEM ESQUERDA DO RIO CAPIVARY,
dias 4 e 5 de julho de 1839 89

Capítulo XIII
OCEANO ATLÂNTICO E LAGUNA,
dias 16 a 22 de julho de 1839 93

Capítulo XIV
LAGUNA, inverno e primavera de 1839 97

Capítulo XV
SETEMBRINA, 4 de julho de 1840 107

Capítulo XVI
SÃO JOSÉ DO NORTE, 16 de julho de 1840 113

Capítulo XVII
RIO DE JANEIRO, 2 de agosto de 1840 117

Capítulo XVIII
ARREDORES DE SÃO LUIZ DAS MOSTARDAS,
16 de setembro de 1840...125

Capítulo XIX
SETEMBRINA, 26 de setembro de 1840.....................................131

Capítulo XX
RANCHO DOS COSTA, 3 de outubro de 1840......................137

Capítulo XXI
SETEMBRINA, domingo, 8 de novembro de 1840 141

Capítulo XXII
VIAMÃO, TRINCHEIRA FARROUPILHA,
24 de novembro de 1840..149

Capítulo XXIII
SÃO GABRIEL, 18 de maio de 1841 157

Capítulo XXIV
OS TRÊS ÚLTIMOS ANOS
DA GUERRA DOS FARRAPOS 163

Capítulo XXV
PORTO ALEGRE E VIAMÃO,
2 a 8 de dezembro de 1845..173

EPÍLOGO...181

Ouverture

Tudo aconteceu no século XIX. E foi no alvorecer dos anos 1800 que dois fatos marcantes inauguraram o destino desta História.

No porto de Gênova, na República da Ligúria, hoje Itália, nasceu um menino que foi batizado com o nome de Luigi Rossetti. Por coincidência histórica, na mesma igreja onde, há exatamente trezentos e cinquenta anos, Cristóvão Colombo recebera as santas Águas.

Filho de gente humilde, criou-se pelas docas, onde conheceu marinheiros de diferentes países, o que despertou seu interesse em falar outros idiomas. Assim, ainda adolescente, criou músculos poderosos ao carregar e descarregar fardos dos navios mercantes, e despertou sua mente para a semelhança dos sofrimentos narrados por franceses, espanhóis, portugueses, germânicos, gregos. Homens que trabalhavam desde crianças ganhando pouco mais do que as três rações diárias e, na velhice, eram desembarcados em qualquer porto para morrerem como mendigos.

Luigi deu-se conta, assim, que seu único caminho para arriar aqueles fardos das costas era estudar. O que fazia durante as primeiras horas da noite, em livros comprados às duras penas, desde que a mãe o alfabetizou. Assim, tomou conhecimento das ideias da Revolução Francesa e decidiu formar-se em Direito para defender a justiça social, que fervilhava em sua cabeça.

Nos mesmos dias do batizado de Luigi Rossetti em Gênova, aqui próximo, na vila de Triunfo, região dos Campos de Viamão, um menino banhava-se à noite no Rio Jacuí. Nascido em 23 de setembro de 1788, tinha onze anos de idade. Seu nome? Bento Gonçalves da Silva.

Por que nadava à noite, completamente vestido, o menino Bento, filho da viamonense Perpétua Maria da Costa Meireles e de Joaquim Gonçalves da Silva? Porque o calor que sentia o fizera ir entrando nas águas quase sem se dar conta. Uma espécie de sufocamento, de angústia, causados pela partida de seu pai para Viamão, decidido a matriculá-lo num seminário. Estudar para ser padre parecia-lhe um absurdo. Logo ele que, desde menino, montava a cavalo, laçava e jogava as boleadeiras como um Charrua. Que sabia atirar de garrucha e carabina, e manejava a espada com habilidade, tendo sido iniciado nessas artes marciais pelo próprio pai.

Naquele dia, acompanhara a mãe e a irmã mais velha à missa vespertina e fora com elas de volta até a *casa da cidade*, como chamavam a residência da família em Triunfo. Ele só vinha ali por obrigação, pois gostava muito mais da *casa da estância*. E, principalmente, das imensas terras que a cercavam, onde eram criados milhares de cabeças de gado e centenas de cavalos.

Abandonar essa vida para sempre lhe parecia um castigo imerecido, pois fora educado para as lides do campo e não para viver sufocado dentro de uma igreja. Por isso, saíra de casa antes do jantar, caminhara até a beira do rio e entrara nele sem nem tirar as alpargatas.

E agora? Depois de nadar algumas braças em direção ao povoado de São Jerônimo, cujas escassas luzes pareciam apenas pirilampos, abandonara a ideia de fugir de casa. Era disciplinado demais para um ato como esse. Além disso, Joaquim, antes de partir no veleiro para Viamão, lhe dissera apenas estas palavras: *Volto no máximo em uma semana. Vou encontrar teu avô para conversarmos com o padre na mesma igreja onde foi batizada tua mãe. Cuida da Perpétua e da tua irmã. Dos pequenos, elas cuidam.*

Bento pensa na Igreja Nossa Senhora da Conceição, onde fizera a primeira comunhão, três anos antes. Uma verdadeira fortaleza, construída para ser a última trincheira de Viamão em caso de ataque inimigo. Para ele, neste momento, o símbolo de uma prisão perpétua.

A lua já ilumina o céu como um farol, quando o menino Bento sobe a alameda até a casa da família. Caminha de pés descalços, com as alpargatas em uma das mãos e a camisa molhada na outra. Decidiu ter com o pai, na sua volta, uma conversa *de homem para homem*, o que lhe diminuiu a angústia. Não tem pressa. Àquela hora, não passa viv'alma nas ruas. Chegará quando a mãe e todos estiverem dormindo. Não quer conversar com ninguém. Prefere ficar mais tempo com esta sensação de liberdade que vibra dentro de si.

Quando alcança a soleira da porta e a abre, tentando não fazer barulho, um sopro de ar gelado trespassa-lhe o peito, aguçando-lhe os sentidos. Enquanto fecha a porta, ouve algo que parece um choro abafado. Será a mãe? Por causa da discussão que tiveram a respeito da sua ida para o seminário?

De repente, arrepia-se ao ouvir uma voz masculina, estranha, mandando que as mulheres se calem e que a irmã mais velha fique boazinha. Ouve agora choro alto, pedidos de piedade e um arrastar de móveis.

Não há tempo para raciocinar. Num pulo, Bento atravessa o corredor e se lança a socos e pontapés contra o desgraçado, que exala um cheiro forte de suor e cachaça. Um safanão, e o homem lança o menino longe, com facilidade humilhante. E, entre gargalhadas e novas ameaças, aproxima-se das mulheres, que gritam sem parar.

Depois de um instante, Bento levanta a cabeça, com o nariz sangrando. A raiva faz tremer seu corpo inteiro. Olha para a parede e vê a espada do pai, a pouca distância de seus dedos. Pensa que está ali colocada pela mão de Deus e não hesita. Levanta-se, arranca a espada da bainha e risca o chão de pedras, produzindo ruído e faíscas para chamar atenção do agressor.

O homem vira-se, zombeteiro, mas, antes que possa se defender, o rapazinho avança e crava-lhe a espada no peito. Desequilibrado, titubeia e cai, enquanto o sangue escorre aos borbotões. Agita-se ainda um pouco e logo se imobiliza.

Bento ergue os olhos para a mãe e a irmã. A fera ainda está em seu corpo, rosnando, mas logo se acalmará. Vai aprender a colocá-la em ação e dominá-la sempre que necessário, o resto da vida. Nasceu para ser um guerreiro das melhores causas, e o será. Depois desta noite, ninguém mais falou em seminário na sua família.

Da mesma forma, Luigi Rossetti, após cursar dois anos da Escola de Direito, na Universidade de Bolonha, a mais antiga do mundo, também nunca chegou a ser advogado. Tendo criado um jornal dos estudantes, descobriu sua verdadeira vocação, convocando novos adeptos para a causa social através de escritos cada vez mais aperfeiçoados. Em Bolonha, veio a conhecer Giuseppe Mazzini, um jovem carbonário que pregava a unificação da pátria italiana, e com ele fundou o periódico *La Giovane Italia*.

A epígrafe desse jornal republicano, redigida por Rossetti, atingiu diretamente os responsáveis pela mutilação da Itália, dividida, desde a queda de Napoleão, em pequenos reinados, a mando de austríacos, franceses e espanhóis. Incluindo entre eles o Papado, em Roma e seus arredores, no tempo em que o Papa possuía um exército e se portava como um rei:

O poder que dirige a revolução tem que preparar os ânimos dos cidadãos aos sentimentos de fraternidade, de modéstia, de igualdade e desinteressado amor à Pátria.

Em uma das primeiras edições, Mazzini plasmou o desejo de todo um planeta republicano, com a seguinte máxima:

Deus é o Povo! Nossa Pátria é o mundo sedento de justiça.

Rossetti deixou Bolonha e participou do Levante de Nápoles, em 1821. Condenado à morte, conseguiu escapar e refugiar-se na Ilha de Malta, graças à ajuda de irmãos maçons. De lá manteve correspondência com Mazzini, exilado em Londres, que o aconselhou a partir para a América do Sul.

Assim, em fevereiro de 1827, depois de uma longa viagem marítima, Luigi Rossetti desembarcou no porto de Montevidéu. No mesmo barco vinham outros italianos carbonários, entre eles Tito Lívio Zambecari, que se tornou seu amigo. Poucos meses depois, transferiu-se para o Rio de Janeiro.

Na Província de São Pedro, no dia 27 de fevereiro de 1827, próximo ao Rio Santa Maria, travou-se a Batalha do Passo do Rosário, chamada de *Ituzaingó* pelos invasores das Províncias Unidas do Rio da Prata e da Banda Oriental do Uruguai. Por muito pouco o General Alvear não derrotou o Exército Imperial Brasileiro naquela oportunidade. E só não o fez porque sua cavalaria foi detida pelo jovem Coronel Bento Gonçalves da Silva, então, com trinta e oito anos de idade. Graças a essa batalha, e ao seu passado guerreiro na Província Cisplatina, para onde foi como suboficial em 1811, sendo sempre promovido por atos de bravura, Bento passou a ser respeitado em todos os rincões da Província de São Pedro do Rio Grande do Sul.

Infelizmente, uma Província esquecida pelo Império, a não ser para fornecer soldados às lutas de frontcira e viúvas e órfãos aos lares rio-grandenses. Até sua capital fora transferida arbitrariamente, em 1773, de Viamão para Porto Alegre. Seus presidentes nomeados, primeiro em Lisboa e depois no Rio de Janeiro, deixaram muito pouco em matéria administrativa, como reconheceu Saint-Hilaire quando por aqui passou em 1820 e 1821.

Em 1835, ano em que começou a Revolução Farroupilha, liderada por Bento Gonçalves da Silva, e na qual Luigi Rossetti tornou-se um grande protagonista, não havia no Rio Grande do Sul uma única escola pública. As estradas eram simples caminhos abertos pelas carretas, não existindo pontes na travessia dos rios. Só havia um único hospital, a Santa Casa de Misericórdia. Nem na capital funcionava o Poder Judiciário, a não ser para pequenas causas, sendo os advogados obrigados a fazerem as principais demandas no Rio de Janeiro, depois de longa viagem de navio a vela. Ou seja, mandava e desmandava o Presidente da Província, à revelia da Lei. Oitenta e sete por cento da arrecadação dos impostos era enviada para os cofres do Império, sendo os outros treze por cento empregados para manter a *Corte*, em Porto Alegre.

E o pior foi que, treze anos depois da Independência, os portugueses voltaram a querer retomar a antiga colônia, estando um deles, o Visconde de Camamu, com poder absoluto como Chefe de Polícia de Porto Alegre, e o cônsul de Portugal, Vitório Ribeiro, com dois navios de guerra de seu país e mais de cem marinheiros bem armados à disposição. O Presidente da Província, Fernandes Braga, tornou-se um simples títere nas mãos desses homens e dos líderes ditos *caramurus*, como o Comandante da Guarda Nacional, General Gaspar Mena Barreto, que pregavam abertamente a volta do Brasil ao estado colonial.

Contra eles ergueram-se os *farroupilhas*, logo após ter sido fechada *manu militari* a Assembleia Provincial do Rio Grande do Sul, cujos vinte e oito deputados, em sua maioria, eram contrários aos *caramurus*.

Desde os primeiros dias, Viamão e seus habitantes colocaram-se ao lado dos *farroupilhas*. E foi aqui, na terra de seus ancestrais maternos, que Bento Gonçalves da Silva iniciou a pregação revolucionária.

Logo vamos saber, passo a passo, como tudo isso aconteceu.

CAPÍTULO I

VIAMÃO,
31 de julho de 1835

— Tu vais ficar aqui, Nico. De olho em quem possa chegar.

— Sim, meu Coronel.

— A reunião vai ser na sacristia. Pelo que me avisaram, todos já estão lá esperando.

— E se chegar gente armada?

— Aí tu fazes a volta pelos fundos e bates na janela onde tiver luz.

— Sim, meu Coronel.

Bento contorna a igreja no mesmo momento em que a lua crescente surge por detrás de uma nuvem. O Cabo Antônio Ribeiro, conhecido por Nico, filho de escravos alforriados da Fazenda do Cristal, é seu ordenança e corneteiro do regimento que comanda em Bagé. Apenas ele, homem de toda a confiança, o acompanhou nas quatro léguas a cavalo desde Porto Alegre. Calcularam o tempo para chegar em Viamão pouco antes das dez da noite. Hora marcada para a reunião.

Nico fica olhando a figura esguia de seu comandante a caminhar junto ao paredão, que parece ter sido construído para uma fortaleza.

De fato, com mais de uma braça de largura, as muralhas da Igreja Nossa Senhora da Conceição, e todo o seu conjunto compacto, com apenas uma porta de entrada e duas pequenas janelas no primeiro piso, como seteiras, fogem ao estilo neogótico e barroco dos demais templos católicos do Brasil.

Bento sabe que, depois da igreja dedicada a São Pedro, a primeira erguida pelos portugueses no porto do Rio Grande, logo depois do desembarque, em 1737, tinha sido essa a segunda construída na Província. Projetada pelo engenheiro militar José Custódio de Sá e Faria, não por acaso fora concebida como um *donjon* capaz de resistir ao impacto de balas de canhão. José Custódio, quando apresentou seu projeto à Irmandade do Santíssimo Sacramento, no dia 10 de agosto de 1767, era Governador da Capitania do Rio Grande de São Pedro, sendo Viamão a sua capital. Os espanhóis tinham invadido as terras do sul, o que explica a preocupação defensiva.

Nos fundos da igreja, onde ainda é reconhecível o formato da capela *engolida* pela nova construção, o Coronel bate discretamente na porta. Apenas três vezes, como combinado, e espera. Logo a porta range em seus gonzos e ouve-se uma voz sussurrando:

– Entre, meu irmão.

Segurando os copos da espada com a mão esquerda, Bento entra pela fresta e surpreende-se ao reconhecer o rosto do homem que segura o grande castiçal com três velas acesas:

– Padre Francisco das Chagas...

– Para servi-lo, meu caro amigo. O pároco entregou-me sua igreja por algumas horas. Ele simpatiza com a causa, mas ainda acha cedo para tomar uma posição.

– Entendo perfeitamente.

– Venha comigo. Nossos convidados estão esperando na sacristia.

Mesmo suaves, seus passos ressoam no piso da nave, tomada por um leve cheiro de incenso. O que faz erguerem as cabeças os cinco homens sentados em cadeiras grandes, de espaldar alto, em torno de uma mesa. O primeiro a levantar-se é um oficial gigantesco, que Bento logo reconhece: seu primo, o Major Onofre Pires. Aperta-lhe a mão, que lhe parece muito quente, e diz-lhe, um palmo abaixo do ouvido:

– Contigo do meu lado, tudo começa bem.

Onofre rosna uma resposta e indica-lhe o homem a seu lado, que parece muito tenso, mas tenta sorrir:

– Tomei a liberdade de convidar o Coronel Vicente Ferrer.

– Estou honrado com a sua presença – diz Bento, apertando-lhe a mão suada.

– A honra é toda minha, Coronel.

Ferrer diz isso com seu sotaque carioca, que mantém desde os anos em que viveu no Rio de Janeiro. Vicente Ferrer da Silva Freire é mais conhecido como *o marido da Brigadeira Raphaela*, pois se casou com a filha do Brigadeiro Raphael Pinto Bandeira, o herói rio-grandense que derrotou os espanhóis. E os desalojou em definitivo do porto do Rio Grande, em 1773, e do Forte Santa Tecla, em 1776. Tem uma casa em Viamão, mas vive a maior parte do tempo na Fazenda Boa Vista, a imensa propriedade que pertencera ao Barão de Santo Amaro, falecido em 1832.

A terceira pessoa a saudar Bento é José Gomes Jardim, seu velho amigo, compadre e irmão da Loja Maçônica *Philantropia e Liberdade*, de Porto Alegre, a primeira fundada na Província, em 1831. Ele vive em Pedras Brancas, do outro lado do Rio Guaíba, onde é dono de uma charqueada. Humanitário, também pratica a medicina, sempre que preciso, auxiliado por Isabel Leonor, sua mulher.

Os outros dois convidados são o Tenente-Coronel Antônio Marques da Cunha e seu inseparável ordenança, uma verdadeira sombra protetora, conhecido como Cabo Rocha.

Concluídas as saudações, Bento senta-se e acomoda a espada entre as pernas, como é seu hábito. Coloca o quepe bicórneo sobre o joelho direito e fica pensativo, a cabeça inclinada, como que em prece. Mas quem fala primeiro é o Padre Chagas, que se mantém em pé, na cabeceira da mesa:

– Meus amigos, todos sabem a razão deste nosso encontro, o mais discreto possível, embora sua motivação seja do conhecimento de toda a Província.

Corre os olhos pelos circunstantes, cujos rostos são iluminados pelas velas, cruza os dedos, como sempre faz no púlpito, e prossegue:

– Mesmo depois da morte em Lisboa de nosso ex-Imperador Dom Pedro I, no ano passado, então reconhecido como Dom Pedro IV, Rei de Portugal, continuam os saudosistas da Colônia, os detestáveis *caramurus*, a praticarem atos contrários à Constituição do Brasil. Após muitos anos de luta, inclusive com a ida do Coronel Bento Gonçalves da Silva ao Rio de Janeiro, em 1832, conseguimos realizar eleições para a Assembleia Provincial. Sendo eleitos pelo Partido Liberal, e tomando posse no dia 20 de abril deste ano, como os senhores sabem, entre outros companheiros *farroupilhas*, o Coronel Bento e eu. Viamão foi o local onde obtivemos mais sufrágios, o que justifica que aqui comecemos esta nova cruzada.

O Padre Chagas parece saborear a última palavra, que dá sentido à sua participação como religioso em uma futura luta armada, e continua, estimulado por um movimento de cabeça de Bento:

– Tomando posse como deputados provinciais em abril deste ano, logo sofremos ataques infames na tribuna da Assembleia, orquestrados pelo ex-Comandante das Armas, agora deputado Barreto Pinto, enquanto o Presidente Fernandes Braga recusava-se a cumprir qualquer diretiva oriunda de nosso Poder Legislativo.

– Até que mandou o Visconde de Camamu e seus esbirros fecharem a Assembleia Provincial a pata de cavalo – fala Onofre Pires com sua voz rouca.

Todos se voltam para o major, cuja carranca, à contraluz das velas, é impressionante.

– Exatamente! E depois desse ato insano, que não foi contestado pela Regência do Império, diante da força cada vez maior do cônsul português nos negócios da Província...

– ... e dos assaltos descarados do tal Pedro, irmão de Fernandes Braga, aos cofres do governo!

– Também isso, Major Onofre, também isso... E logo agora que os impostos sobre o charque foram aumentados, sabendo eles serem farroupilhas os charqueadores em sua maioria, o que os está fazendo perder o mercado para uruguaios e argentinos.

Agora, os olhares se concentram em Gomes Jardim, que inclina a cabeça concordando e acrescenta:

– Minha charqueada é pequena, posso viver sem ela, mas nossos amigos de Pelotas, mantido esse imposto absurdo, logo fecharão suas portas. Principalmente as charqueadas de Antônio Gonçalves Chaves e Domingos José de Almeida, os dois maiores inimigos dos caramurus... Segundo eles, serão obrigados a vender as instalações por uma ninharia. O plano de Fernandes Braga e do cônsul Vitório Ribeiro é de reduzir os impostos para os novos compradores, desde que sejam governistas.

Estimulado por essas palavras, o Major Ferrer também emite sua opinião:

– E nós, que vendemos milhares de bois gordos para as charqueadas, o que vamos fazer? Virar contrabandistas levando nosso gado para o Uruguai e Argentina?

Entendendo agora a presença *do marido da Brigadeira Raphaela* nesta reunião subversiva, Bento tira o relógio da algibeira, consulta-o, levanta-se e toma a palavra:

– Já são onze horas e, para sermos discretos, combinamos sair daqui, um por um, logo após a meia-noite. Assim sendo, quero transmitir aos senhores quais são os meus planos para os próximos dias.

O Padre Chagas senta-se ao lado do Tenente-Coronel Marques, que mantém na boca seu charuto apagado, sem coragem de fumar numa sacristia. Junto dele, o Cabo Rocha masca fumo, como aprendera nos combates da Província Cisplatina. Bento corre os olhos por aqueles homens, os primeiros que deve conquistar para sua causa, e continua:

– A única maneira que me parece confiável para chamar atenção da Regência do Império aos desmandos do Governo desta Província é nos unirmos para tomar Porto Alegre e derrubar Fernandes Braga do poder.

Um mesmo *frisson* percorre a todos, enquanto o Padre Chagas, erguendo os olhos para uma imagem de Cristo que domina a sacristia, faz lentamente o sinal da cruz.

CAPÍTULO II

RIO DE JANEIRO,
1º de setembro de 1835

Luigi Rossetti caminha apressado entre a multidão que toma conta do cais. Com seu óculo de alcance, já identificara o navio que se aproxima. Porém, ter certeza de que é ele só o agita mais. Será verdade que Giuseppe Garibaldi, um outro mazzinista condenado à morte pelos invasores da Itália, está nesse veleiro?

O italiano para novamente e ergue a luneta em direção ao bergantim que se encontra a cerca de meia milha do atracadouro:

NAUTTONIER

Não há dúvida, é esse o nome do navio mercante que deixou Marselha no dia 14 de julho, uma data que jamais esqueceria. Era a informação principal da carta trazida em mãos de Londres por Giovanni Battista Cuneo, que chegara ao Rio, vindo de Liverpool, há uma semana. Aliás, há sete dias Rossetti vem ao porto, pois o cálculo da chegada do veleiro é apenas aproximativo.

Aliviado, respira fundo e logo se arrepende. O cheiro de esgoto a céu aberto se mistura com muitos outros dos produtos vendidos diretamente do chão: frutas meio apodrecidas, linguiça frita, banha, carvão vegetal. Além dos passageiros que chegam e das pessoas que os esperam, daqueles que vão embarcar e dos que vieram despedir-se, amontoam-se no enorme cais entregadores de recados, malabaristas, barbeiros, afiadores de facas, carregadores, em meio a caixas e caixotes de mercadorias vindas do estrangeiro e das províncias do Império. A gritaria também é atordoante.

Cerca de duas horas depois, atracado o veleiro francês e começado o desembarque dos passageiros, os olhos de Rossetti se fixam num jovem de estatura baixa, corpulento, com basta cabeleira loura que escapa do barrete frígio de cor vermelha desbotada. Salvo esse detalhe, e um saco de viagem que carrega às costas, poderia ser confundido com qualquer um dos marujos que se atarefam a bordo.

É ele, só pode ser ele, pensa Rossetti, avançando em sua direção. Os olhares se encontram e logo se reconhecem. Um aperto de mão confirma que pertencem à ordem maçônica.

– *Benevenuto, fratello Giuseppe Garibaldi.*

– *Fratello Luigi Rossetti*? Desde que li seus artigos no jornal *La Giovane Italia*, eu sonhava em conhecê-lo.

Sabendo que Garibaldi não é um intelectual, e sim um marinheiro nascido em Nice, em 1807, quando ainda pertencia ao Reino da Sardenha, Rossetti fica encantado com essas palavras. Mas logo vai descobrir que seu patrício é um leitor inveterado, que conhece a fundo o pensamento de Saint-Simon, Voltaire, Rousseau. Que, desde os dezoito anos, devorou centenas de livros em suas viagens, uma vez que optou por seguir a carreira do pai, um capitão de barcos mercantes. Mas que, exatamente por essas ideias de igualdade social e por seu engajamento na maçonaria e na luta pela unificação da Itália, também fora condenado à morte.

Com o sol a pino sobre suas cabeças, vão caminhando até o Largo dos Passos. Inundados de suor, conversando e gesticulando sempre, arriscando serem atropelados por caleças apressadas na travessia de ruas e vielas estreitas, chegam à *pensão familiar* onde vivem Rossetti e um grupo de italianos. Como todos estão presentes para o almoço, Garibaldi é apresentado de imediato a Luigi Carniglia, Eduardo Matru, Pasqual Lodola, Antonio Chiama, Luigi Calia, Americo Staderini e Giovane Sigorra.

Viamão – A Trincheira Farroupilha

– Borel, é o meu nome no Brasil. Pelo menos, por enquanto.

Assim Garibaldi deve ser chamado em público, por questão de segurança. Pela mesma razão, durante o almoço, mesmo falando em italiano, só tratam de amenidades. Riem quando o compatriota prova desconfiado o arroz com feijão-preto, prato de resistência da pensão. A conversa verdadeira é transferida para o entardecer, quando todos se amontoam no quarto de Rossetti.

Pelo janelão que se abre para o pátio dos fundos, por entre os troncos das mangueiras, é visível um grande pedaço de céu incendiado. Uma mulher negra recolhe peças de roupa branca penduradas num varal. O calor cedeu à brisa fresca que vem do mar. Como há apenas uma cadeira, e sobre ela está um garrafão empalhado, certamente de vinho, os nove homens sentam-se alguns na beirada da cama e outros no chão. No quarto há ainda um roupeiro e um pequeno *bureau* atulhado de livros e papéis.

– Primeiro vamos servir o vinho e brindar ao sucesso da proposta que vamos fazer a nosso patrício marinheiro.

Garibaldi olha surpreso para o jornalista, que sustenta o garrafão empalhado, e espicha seu copo de estanho. Pelo cheiro, sente que se trata de um vinho de verdade, certamente português, e fica olhando as mãos de cada um que é servido. Todas rudes, calosas, de homens que certamente laboram como pedreiros ou carpinteiros. Com exceção de Rossetti, que já lhe dissera trabalhar numa tipografia, e tem as grandes mãos manchadas de tinta.

– À saúde de Giuseppe Mazzini, nosso líder maior, que nos ensinou que a verdadeira pátria é o mundo sedento de justiça!

Todos se levantam, erguem seus copos e os empinam, bebendo até à última gota. Staderini, o mais velho do grupo, que tem no máximo uns quarenta anos, toma do garrafão, apoia-o sobre o ombro direito e serve nova rodada, não deixando um único pingo cair ao chão. Rossetti olha firme nos olhos azuis de Garibaldi e fala emocionado:

– Ao nosso irmão Borel, que atravessou o mar tenebroso para nos ensinar a arte da navegação!

Agora, quem fica emocionado é Garibaldi, pois todos os olhares se fixam nele. Ergue o copo em direção de cada um de seus oito patrícios, retribui o brinde e bebe o vinho em grandes goles. Limpa a boca com o dorso da mão direita e fala, a voz apenas audível:

– Sim... o farei com o maior prazer... Mas com que barco, meus irmãos?

Por alguns momentos só se escuta um ruído metálico que vem da cozinha próxima, acompanhado do cheiro conhecido de comida. A noite cai de repente, como sempre acontece no Rio de Janeiro quando os montes de oeste escondem o sol. Em alguns minutos irão ao refeitório para jantar, e Rossetti não se preocupa em acender o lampião pendurado na porta. Afasta com gesto maquinal um mosquito que zune em seu ouvido e retoma a palavra:

– Tratamos disso desde que tomamos conhecimento de sua próxima chegada. E decidimos, com o dinheiro que economizamos durante os últimos dez anos de exílio, destinado a financiar nossa volta para a Itália, comprar um barco sob sua orientação. Nele poderemos aprender os rudimentos da arte de navegar, com exceção de Eduardo Matru, hoje carpinteiro, mas que já foi marujo.

– E... o que vamos fazer depois?

– Depois, conforme o conselho de irmãos que frequentam a mesma loja maçônica que eu, poderemos transportar café e açúcar aqui do Rio para as freguesias próximas, dentro e fora da Baía da Guanabara; o que nos irá sustentar, os nove juntos, sem necessidade de outro trabalho. E talvez possamos economizar mais dinheiro, para quando, finalmente, a pátria nos chamar de volta.

Garibaldi sorri no escuro, levanta-se, vai até a cadeira, pega o garrafão de vinho e serve o que resta, com muito cuidado, nos copos dos companheiros. Toca-lhe a vez de fazer o brinde:

– Ao sucesso do *Mazzini*, o primeiro barco da Itália unificada que irá navegar no Brasil!

Os copos de estanho são esvaziados com entusiasmo, e o vinho age rápido, descendo diretamente ao sangue daqueles homens.

CAPÍTULO III

MORRO DA FORTALEZA E PORTO ALEGRE,
19 de setembro de 1835

A escuna aproxima-se das pedras esbranquiçadas, com estranho formato de tartarugas, e suas velas são arriadas. O dia está nascendo e ainda faz frio. Dois marinheiros encapotados lançam âncoras na proa e na popa. O escaler é descido às águas barrentas. E começa o desembarque dos homens armados.

No primeiro grupo está o Tenente José Bento, filho mais velho de Gomes Jardim, que foi o encarregado de desembarcar o pai, dois de seus irmãos mais moços e mais uns poucos voluntários, vindos de Pedras Brancas, na margem oposta do Guaíba, no lugar chamado Cristal. Logo depois da meia-noite, seguiram em direção ao alto do morro de São Miguel e Almas, próximo à Ponte da Azenha, onde, neste momento, ao nascer do sol, já devem estar acampados.

Assim espera o jovem oficial, que sabe o grande risco que está correndo seu pai, um homem de paz começando uma guerra. Gomes Jardim assumiu essa responsabilidade porque Bento Gonçalves, depois daquele primeiro encontro realizado na igreja de Viamão, seguira para Rio Pardo, Cachoeira, Caçapava, Piratini, Pelotas, Jaguarão,

Herval, Alegrete, antes de retornar a Bagé. Em cada uma dessas localidades mobilizara as lideranças farroupilhas, marcando a data de 20 de setembro para a invasão de Porto Alegre.

Dois dias antes do acertado para a reunião das tropas a serem transportadas por barco ao outro lado do rio, ali muito largo, apesar das mensagens recebidas, ninguém chegara ainda a Pedras Brancas. Hospedado na casa de Gomes Jardim e Isabel Leonor, no alto do morro que domina a imensa paisagem, Bento não teve outra alternativa senão mandar seu amigo na frente, para que não chegasse atrasado ao encontro com os farroupilhas de Viamão, liderados pelo Major Onofre Pires. E teve que ficar esperando os reforços prometidos, acompanhado apenas do corneteiro Nico e mais uns poucos soldados.

Subindo até o alto do Morro da Fortaleza, de onde se descortina, além da pequena Ilha do Junco, as terras baixas da margem ocidental do Guaíba, os artilheiros começam a descarregar as diversas partes do canhão desmontado. Por ordem do Coronel Bento Gonçalves, deve estar apto a atirar ainda antes da noite. Sua missão é impedir a entrada de qualquer navio de guerra vindo de Rio Grande, o que seguramente acontecerá depois do ataque a Porto Alegre.

Em verdade, embora estivesse nos planos dos anteriores presidentes da Província, desde que a capital fora transferida de Viamão, nenhuma fortificação tinha sido ali construída. Apenas a voz do povo, certamente por ironia, chamava de *Morro da Fortaleza* aquela elevação. Porém, sua posição estratégica irá agora permitir que entre na História.

Como previra o tenente, neste mesmo momento do nascer do sol, Onofre Pires e Gomes Jardim se encontram num capão de mato no alto do morro São Miguel e Almas, junto a um pequeno cemitério. Próximo dali está o moinho d'água do Chico da Azenha, que dá nome a toda essa gleba de terra que desce até o arroio Dilúvio. Azenha, em português antigo, significa exatamente isso, moinho d'água, sendo também esse o nome da ponte de pedra que atravessa o riacho.

Do outro lado se estende o chamado Campo da Várzea, após o qual se eleva a cidade de Porto Alegre, com seus vinte mil habitantes.

Para tomá-la, estão ali escassos sessenta revolucionários, dos quais cinquenta trazidos de Viamão por Onofre Pires. Decepcionado com o pequeno contingente vindo de Pedras Brancas, o gigantesco major olha Gomes Jardim de cima para baixo e rosna:

– Que palhaçada é essa? Onde está o Bento com as tropas que nos prometeu?

Sereno como sempre, Jardim segura o braço do Cabo Sílvio, seu filho mais moço, que tenta dar um passo à frente, e responde:

– O Bento ficou na minha casa para receber os reforços que estão vindo de Rio Pardo, descendo o Jacuí, e da fronteira, a cavalo. Me disse também que é certa a deserção da Guarda Municipal e de grande parte do Oitavo Batalhão de Caçadores.

– Ele *acha* isso, mas não tem certeza. O apoio dos farroupilhas de Rio Pardo é certo, mas a cavalaria do Alegrete, sob o comando do Bento Manuel Ribeiro, só vai chegar aqui no dia de São Nunca. Não podemos confiar naquele sorocabano, principalmente quando nos deixou na mão durante a Batalha do Passo do Rosário.

Gomes Jardim respira fundo, de olho também no seu outro filho, José Antônio, que encara Onofre, enquanto ele prossegue em seu vitupério:

– Que a Guarda Municipal de Porto Alegre vai nos apoiar, eu acho bem possível, pois a maioria dos homens que vieram comigo são da Guarda Municipal de Viamão. Quanto ao Oitavo Batalhão...

– Espero que não duvides da palavra do Major Lima e Silva, nosso irmão maçom.

– Na palavra dele eu confio, mas depois que lhe tiraram o comando do Oitavo e o mandaram para as Missões, não sei se, de tão longe, ele poderá influenciar seus antigos soldados.

– Na carta que nos mandou de São Borja, ele afirma que, ainda esta noite, muitos deixarão Porto Alegre e virão nos apoiar. E que os demais, quando atacarmos, não terão coragem de atirar em seus colegas de farda.

Desta vez é Onofre quem respira fundo e dá por encerrado o assunto:

– Na verdade, somos ainda muito poucos e temos de nos esconder aqui, sem fazer fogo, para não chamarmos atenção de ninguém. Proponho que mandemos uma patrulha se colocar próximo da ponte para nos prevenir em tempo se mandarem nos atacar.

Neste momento, o Cabo Rocha se destaca do grupo que chegou de Viamão e bate continência:

– Com vossa permissão, irei cuidar dessa tarefa com os sete soldados que trouxe comigo. Como já disse ao senhor Major, meu Coronel não está aqui conosco porque ficou acamado, com uma crise de gota.

A oferta do Cabo Rocha é aceita, com a condição de que ele e seus homens desçam até à ponte um a um, escondendo-se debaixo dela, para não chamar atenção dos poucos passantes.

E, assim, transcorrem as horas, até que entra a noite, clara e estrelada. Mascando fumo, o comandante da pequena patrulha escondida debaixo da Ponte da Azenha duvida que a presença deles ali e dos demais no capão de mato não tenha sido percebida por alguém. De qualquer maneira, não acredita que aconteça algum ataque à noite, e vai acompanhando o deslocamento das estrelas como quem olhasse um imenso relógio estampado no céu. Quando, sobre o cerro de São Miguel e Almas, verifica, pela posição do Cruzeiro do Sul e das duas grandes estrelas que apontam para ele, a proximidade da meia-noite, ouve um relincho e o rumor de patas de cavalos.

Seus companheiros se agitam preocupados, enquanto o som fica cada vez mais próximo. Rocha ergue o braço direito, já com a pistola na mão, e cochicha:

– Não dá mais tempo para avisar a nossa gente. Vamos enfrentar sozinhos esses caramurus... Preparem-se para atirar, mas somente depois de mim.

Na noite clara, conseguem ver a tropa que se aproxima e um arrepio passa pela espinha do Cabo Rocha. Que diabo, pensa ele, são muitos soldados, talvez uns dez para cada um de nós. Mas temos que aguentar até que o tiroteio alerte a nossa gente.

Com a garganta seca, os olhos arregalados, ele empunha as duas pistolas, uma em cada mão. Confia em sua pontaria, principalmente da mão esquerda, e aponta cuidadosamente para a cabeça do primeiro cavaleiro a entrar na ponte. O tiro parte, logo seguido da descarga simultânea dos outros sete farroupilhas.

Pegados de surpresa, os soldados tentam recuar, principalmente o comandante, ferido de raspão na têmpora, por onde o sangue escorre junto com sua valentia. Alguns atiram da retaguarda, arriscando ferir seus companheiros. Um deles tomba do cavalo sobre a mureta da ponte e cai no riacho. O Cabo Rocha, já com as pistolas recarregadas, atira, agora, nos peitos dos cavalos mais próximos. Nenhum deles ultrapassa o meio da ponte e não tardam todos a fugir na direção do Campo da Várzea.

– *Cueputa*, caramurus covardes! – grita o Cabo Rocha, enquanto avança para o meio da ponte. – Me ajudem aqui, vamos amontoar estes cavalos mortos, para o caso deles voltarem.

Nesse momento, Gomes Jardim e Onofre Pires, seguidos pelos seus comandados, sofrenam as montarias e discutem rapidamente o que devem fazer.

Nada por enquanto, é decidido, uma vez que o alarme da presença deles já fora dado e são poucos para perseguir os fugitivos. Mas não tão poucos como aqueles oito valentes que venceram, sozinhos, o primeiro combate da Revolução Farroupilha.

CAPÍTULO IV

PORTO ALEGRE E MORRO DA FORTALEZA,
20 de setembro de 1835

Serenados os ânimos, voltou o silêncio na Ponte da Azenha. Apenas os cães das chácaras vizinhas, acordados pelo tiroteio, continuavam a latir. Os comandantes deixaram um reforço de dez combatentes com o Cabo Rocha. Outros vinte ficaram a meio caminho, de prontidão, enquanto os dois voltaram ao acampamento no alto do morro com os trinta farroupilhas restantes.

– Agora é a hora da verdade – disse Onofre, mastigando as palavras. – Se vamos receber reforços de Porto Alegre, eles devem desertar durante a noite, se não forem burros.

E foi o que aconteceu. Naquela madrugada, toda a Guarda Municipal Permanente, com exceção dos comandantes e do corneteiro, deixou seu quartel e o Palácio do Governo para aderir aos farroupilhas. Cento e vinte homens bem armados, como previra Bento Gonçalves.

– Mas nada do Oitavo Batalhão de Caçadores – resmungou Onofre Pires.

– Por mim, continuo acreditando na palavra do João Manuel.

– Que é irmão do Brigadeiro Lima e Silva, até bem pouco Regente do Império...

– Por favor, Onofre, não vamos começar de novo essa discussão... De qualquer forma, como combinado, já mandei o meu filho Sílvio de volta a Pedras Brancas para prevenir o Bento dos acontecimentos e pedir instruções.

– *Bueno*, pelo menos ele vai ficar sabendo que o Cabo Rocha acertou um balaço de raspão na cabeça do português Visconde de Camamu, que tanto o queria prender, e o covarde fugiu de oito homens, com o rabo debaixo das pernas.

– E mentiu para o Fernandes Braga que nós somos mil.

De fato, por um sargento da Guarda Municipal Permanente que estava no Palácio do Governo quando o piquete que atacara a Ponte da Azenha chegou de volta, as primeiras palavras do chefe da polícia foram estas, ao apear do cavalo, a cabeça enrolada com um pano manchado de sangue:

– São seguramente mais de mil homens, meu Presidente. Lutamos como feras, mas fomos obrigados a recuar.

Essa mentira com sotaque lusitano precipitou a deserção da Guarda Municipal Permanente, segundo o mesmo sargento, ficando o Palácio do Governo sem defesa, uma vez que os caramurus não confiam no Oitavo Batalhão.

– Para mim, eles vão fugir nos navios portugueses que estão no porto. Pouco antes de nós deixarmos o palácio, aquele cônsul de Portugal, que tem um rei na barriga, chegou cercado de marinheiros armados e foi conferenciar com o Presidente e o Comandante das Armas.

Onofre olhou para Gomes Jardim e resmungou, coçando o queixo:

– Se depender do Pedro, o irmão do Fernandes Braga, antes de fugir nos navios do Vitório Ribeiro, eles vão raspar os cofres do governo e levar até a prataria.

– Melhor que fujam com o dinheiro e levem junto os cem marinheiros portugueses. Menos gente para nos enfrentar.

– Pois eu gostaria de acabar com essa corja... Depois de treze anos de independência, ainda nos sugam como carrapatos.

Uma hora depois, surgindo por detrás do alto do Morro da Fortaleza, os primeiros raios de sol iluminam em cheio a Ilha do Junco. O Tenente José Bento Jardim, de pé, com o braço direito por cima do canhão, boceja sem tapar a boca. Depois, pensando em Isabel Leonor, sua mãe, sorri e boceja novamente, desta vez levando a mão esquerda aos lábios. Também pensa na madrinha Caetana, esposa de Bento Gonçalves, que considera sua segunda mãe. Desde o batizado, sempre que possível passa seu aniversário, que será daqui a três dias, junto dos padrinhos. Isso porque também nasceu em 23 de setembro, primeiro dia da primavera. A diferença é que o padrinho completará quarenta e sete anos, e ele vinte e dois. Caetana é uruguaia, nascida em Melo, cidade próxima a Bagé. Por segurança, Bento a levara para lá, onde vivem os sogros, *Don* Narciso e *Doña* Maria García.

O canhão está camuflado sob a vegetação espinhenta que teima em crescer no meio das pedras esbranquiçadas. Seu cano longo, onde o jovem tenente repousa o braço direito, foi coberto com folhagens, não sendo possível identificá-lo do meio do rio. Suas ordens são de atirar em qualquer navio de guerra vindo da Lagoa dos Patos, o que certamente acontecerá depois da invasão de Porto Alegre, prevista para esta manhã. E pensar nisso o perturba muito, pois não estará ao lado do pai.

O soldado ordenança, que fizera um pequeno fogo discreto entre duas pedras, aqueceu água numa chaleira de ferro, que está trazendo agora para perto do canhão. Na mão esquerda segura a cuia com a erva-mate e a bomba de prata cravada como uma lança em miniatura. O tenente inclina a cabeça, autorizando, e ele serve o mate. Porém, entrega a cuia com a mão direita, depois de colocar a chaleira no chão.

O gosto amargo faz bem a José Bento. Depois de alguns goles, ouve a bomba roncar e devolve a cuia ao soldado, que a enche d'água novamente. É quando o vigia postado do lado norte ergue o fuzil três vezes, na horizontal, dando o sinal combinado. Três barcos se aproximam vindos de Porto Alegre.

José Bento sente o coração batendo forte, quando ordena aos artilheiros postados ali próximo acenderem a mecha e deixarem o canhão pronto para atirar. Nervoso, o ordenança não sabe o que fazer com a cuia e a chaleira nas mãos, os olhos fixos à direita da Ilha do Junco, de onde devem surgir as embarcações. Mas o tenente lhe dá uma ordem, e ele larga tudo no chão, correndo até a barraca, também camuflada, voltando com um óculo de alcance. Agora desnecessário, pois os navios estão claramente à vista, com as velas enfunadas; dois de guerra, com os canhões de bombordo em prontidão, e uma escuna de passageiros entre eles. Muitos marinheiros armados no convés dos três barcos.

O que fazer? As ordens que o Coronel Bento Gonçalves dera ao Tenente Jardim tinham sido para atirar em qualquer barco de guerra que tentasse entrar no Rio Guaíba vindo pela Lagoa dos Patos. Estes dois navios portugueses, que ele sabe estarem há meses ancorados em Porto Alegre, estão escoltando a escuna *Rio-Grandense* pertencente ao governo da Província. Os caramurus devem estar fugindo, o que será muito favorável aos farroupilhas, justamente na manhã em que vão atacar a capital. Deixá-los passar lhe parece o mais sensato, até por seu enorme poder de fogo. Embora o instinto guerreiro lhe aconselhe o contrário.

Os navios ultrapassam a Ilha do Junco, aproveitando ao máximo o vento que sopra para o sul. Logo estão fora do alcance do canhão, o que faz o tenente mandar apagar a mecha. Como o barco que os trouxera até ali voltara para Pedras Brancas no dia anterior, e não dispõem de cavalos, nada pode fazer para avisar Gomes Jardim. O melhor é ficar atento à possibilidade, mesmo remota, de que possam voltar. É quando pensa que seu padrinho Bento, do alto da casa de seus pais em Pedras Brancas, ou um dos vigias sempre postado junto ao cipreste diante dela, pode também ter visto a passagem dos grandes veleiros.

Neste exato momento, recebidas as ordens de Bento Gonçalves, Gomes Jardim e Onofre Pires cavalgam diante de um contingente de quase duzentos farroupilhas. Mesmo montando cavalos de igual estatura, um tordilho e um rosilho, Onofre parece enorme ao lado de Jardim. Mas Bento sabe o que faz, deixando em seu lugar no comando dois homens completamente diferentes. Um temerário e outro tranquilo. Mas ambos valentes e de sua extrema confiança.

O sol brilha sobre o Campo da Várzea, extensão plana e com poucas árvores, entre a Ponte da Azenha e as fortificações de Porto Alegre. Entrincheirados nas velhas muralhas, que se estendem do portão próximo ao Palácio do Governo até a Santa Casa de Misericórdia, os soldados do Oitavo Batalhão de Caçadores acompanham atentos a progressão dos atacantes. A maioria a cavalo, mas alguns a pé, avançam pelo capim alto, ainda queimado pelas geadas de agosto.

Ao chegarem à distância de um tiro de canhão, os farroupilhas formam linhas e se preparam para o ataque. Não será fácil escalar os paredões de onde apontam os canos das armas imperiais. Os comandantes desembainham as espadas, mas não chegam a ordenar o ataque. A maioria dos soldados do Oitavo salta sobre os muros e despenca-se ladeira abaixo, dando vivas a Bento Gonçalves. Em poucos minutos, marcham com os farroupilhas em direção ao Palácio do Governo.

Tendo fugido algumas horas antes na escuna *Rio-Grandense*, protegida pelos navios de guerra portugueses, o Presidente Fernandes Braga e todo o seu séquito navegam impunes em direção ao porto do Rio Grande.

No dia seguinte, Bento Gonçalves entra em Porto Alegre sob aclamação do povo que se apinha em todas as ruas. A Câmara Municipal, dentro de suas atribuições legais, considera vago o cargo de Presidente da Província e nele empossa o 4º Vice-Presidente, o farroupilha Marciano Pereira Ribeiro, médico de muito conceito e deputado da Assembleia Provincial. Os outros três Vice-Presidentes, todos caramurus, deram parte de doentes na hora da convocação.

Quatro dias após a invasão pacífica de Porto Alegre, nos quais as pessoas dançaram nas ruas e fogos de artifício iluminaram as noites, todos se precipitam para receber um exemplar do manifesto dos vencedores. Impresso na tipografia do *Recopilador Liberal*, o texto convoca o povo, independente de credo político ou situação social, à manutenção da ordem e da liberdade:

Cumprimos, rio-grandenses, um dever sagrado repelindo as tentativas de arbitrariedade em nossa querida pátria; ela nos agradecerá e o Brasil inteiro há de aplaudir o vosso patriotismo e a justiça que armou vosso braço para depor uma autoridade inepta e facciosa, e restabelecer o império da lei.

Compatriotas!

Eu acrescentarei à glória de haver sido em outros tempos vosso companheiro nos campos de batalha e haver-vos conduzido contra nossos inimigos externos a glória ainda mais nobre e perdurável de haver concorrido a libertá-la de seus inimigos internos e salvá-la dos males da anarquia.

O governo de facção desapareceu de nossa cena política, e a ordem se acha restabelecida. Com este triunfo dos princípios liberais, minha ambição está satisfeita, e, no descanso da vida privada a que tão somente aspiro, gozarei o prazer de ver-vos desfrutar de um governo ilustrado, liberal e conforme os votos da maioria da Província.

Respeitando o juramento que prestamos a nosso código sagrado, ao trono constitucional e à conservação da integridade do Império, comprovareis aos inimigos do nosso sossego e felicidade que sabeis preferir o jugo da lei ao dos seus infratores e que, ao mesmo tempo, nunca esqueceis que sois os administradores do melhor patrimônio das gerações que devem nos suceder.

Que esse patrimônio é a liberdade, e que estais na obrigação de defendê-la à custa do vosso sangue e da vossa existência. A execração de nossos filhos cairá sobre as nossas cinzas, se por nossa desmobilização e incúria lhes transmitirmos este sagrado depósito desfalcado e corrompido. E suas bênçãos nos acompanharão no sepulcro se lhes deixarmos o da virtude e do patriotismo.

Porto Alegre, 25 de setembro de 1835.

Bento Gonçalves da Silva

CAPÍTULO V

VIAMÃO E ILHA DO FANFA,
início da primavera de 1836

Caetana termina de reler o manifesto e fica pensativa. A seu lado, Bento dorme tranquilo, enquanto a noite, para ela, parece interminável. É certo que seu marido bebera alguns cálices de vinho durante os brindes pelo primeiro ano da Revolução Farroupilha. Mas já o vira dormir assim em outras difíceis circunstâncias, desde que se casaram, há vinte e dois anos, na Província Cisplatina. Porém, a notícia chegada a Viamão na manhã de 20 de setembro caiu como um tiro de canhão sobre seu marido. Que, mesmo assim, consegue dormir em paz.

O que dera na cabeça do Coronel Netto, sempre tão disciplinado e fiel, ao declarar a Província independente sem consultar o General Bento Gonçalves?

De fato, na manhã de 11 de setembro, dia seguinte à Batalha do Seival, em que os farroupilhas derrotaram os imperiais comandados pelo Coronel João da Silva Tavares, Antônio de Souza Netto, diante de sua tropa formada no Campo dos Meneses, arrancara da espada e proclamara a República Rio-Grandense.

Estarrecido, sem saber que atitude tomar diante de uma realidade que separava o Rio Grande do Sul do Brasil, o que não era seu desejo, Bento guardara a carta de Netto, mas mostrara os termos da Independência a sua mulher e conselheira:

Bravos companheiros da 1ª Brigada de Cavalaria!

Ontem obtivestes o mais completo triunfo sobre os escravos da corte do Rio de Janeiro, a qual, invejosa das vantagens locais da nossa Província, faz derramar sem piedade o sangue dos nossos compatriotas, para desse modo fazê-la presa de sua ambição.

Miseráveis! Todas as vezes que seus vis satélites se têm apresentado diante das forças livres, têm sucumbido, sem que esse fatal desengano os faça desistir de seus planos infernais. São sem-número as injustiças feitas pelo governo. Seu despotismo é o mais atroz. E sofreremos calados tanta infâmia? Não! Nossos compatriotas, os rio-grandenses, estão dispostos como nós a não sofrer por mais tempo a prepotência de um governo tirânico, arbitrário e cruel como o atual.

Em todos os ângulos da Província não soa outro eco que não o de INDEPENDÊNCIA, REPÚBLICA, LIBERDADE OU MORTE!

Esse eco majestoso que tão constantemente repetis como uma parte deste solo de homens livres me faz declarar que proclamemos a nossa independência provincial, para o que nos dão bastante direito nossos trabalhos pela liberdade e o triunfo que ontem obtivemos sobre esses miseráveis escravos do poder absoluto.

Camaradas!

Nós que compomos a 1ª Brigada do Exército Liberal devemos ser os primeiros a proclamar, como proclamamos, a independência desta Província, a qual fica desligada das demais do Império e forma um Estado livre e independente, com o título de República Rio-Grandense e cujo manifesto às nações civilizadas se fará competentemente.

Camaradas!

Gritemos pela primeira vez:

VIVA A REPÚBLICA RIO-GRANDENSE!

VIVA A INDEPENDÊNCIA!
VIVA O EXÉRCITO REPUBLICANO RIO-GRANDENSE!
Campo dos Meneses, 11 de setembro de 1836.
Assinado: ANTÔNIO DE SOUZA NETTO
Coronel Comandante da 1ª Brigada de Cavalaria.

Bento se agita no sono, e Caetana coloca a mão direita sobre seu ombro, murmurando:

– *Tranquilo, mi amor.*

Sim, foram essas palavras que lhe dissera depois de ler a proclamação do Coronel Netto. Como acontecera em 1828 com sua pátria, a República Oriental do Rio Uruguai, hoje independente do Império do Brasil e das Províncias Unidas do Rio da Prata, a Província de São Pedro não poderia mais lutar contra seus inimigos portando a mesma bandeira imperial. Há um ano isso acontecia, depois que o Regente do Império, Padre Diogo Feijó, recusara a paz oferecida por Bento no manifesto de 25 de setembro de 1835. E nomeara José de Araújo Ribeiro Presidente da Província e seu primo, o Coronel Bento Manuel Ribeiro, Comandante das Armas.

Bento agita-se mais uma vez, e Caetana volta a colocar a mão no seu ombro.

– *Tu pareces que escuchas mis pensamientos... Si, fue una traición imperdonable.*

De fato, Bento Manuel Ribeiro, ao aceitar esse comando, traíra seus companheiros farroupilhas. E isso também em troca de dinheiro, segundo dizia abertamente o Coronel Onofre Pires. Depois que Porto Alegre fora retomada pelo Major Marques de Souza, o Governo Imperial tinha sido ali instalado novamente. O que levara Bento Gonçalves a deslocar seu quartel-general para Viamão, estabelecendo um cerco para retomar a capital.

Passado o primeiro impacto, Bento considerou como fato consumado a Proclamação da República Rio-Grandense. E decidiu unir sua Brigada do Norte com a 1ª Brigada do Coronel Netto, prevendo forte reação imperial contra essa mutilação do território brasileiro.

Assim, Caetana e Bento teriam que separar-se novamente, o que sempre fora uma rotina depois do casamento.

Aos trinta e oito anos de idade, embora mãe de oito filhos, Caetana ainda é uma mulher de grande beleza. Morena de olhos verdes, com seus cabelos negros soltos às costas ou presos em tranças, o corpo curvilíneo, a voz levemente rouca que nunca abandonou o idioma espanhol, ela sabe ser amada por aquele homem por quem se apaixonara quase uma menina. E que se mantivera fiel aos votos proferidos em um longínquo dia de 1814.

Os três meses passados em Viamão tinham sido alguns dos melhores da sua vida. Residindo na casa que fora dos avós maternos do marido, ela e as duas filhas mais moças, Maria Angélica e Ana Joaquina, com oito e seis anos de idade, estavam longe dos combates. Estabelecendo um rígido cerco a Porto Alegre, mas apenas por terra, Bento nunca passava mais de duas noites sem dormir em casa. A capital só não fora retomada porque a Marinha Imperial controlava todo o tráfego entre Rio Grande e Rio Pardo, transportando homens e armas em seus navios de guerra.

Há pouco, assumira o comando naval do Sul o Almirante John Grenfell, um mercenário inglês contratado a peso de ouro, tendo sido reforçada a frota com mais barcos que trouxera do Rio de Janeiro. Essa era uma das razões que levara Bento Gonçalves a decidir juntar suas tropas com as de Souza Netto. Reunidas, somariam cerca de dois mil homens capazes de invadir Rio Pardo, chamada pelos imperiais de *Tranqueira Invicta*. Feito isso, poderiam tentar a façanha mais difícil, a tomada do porto do Rio Grande, deixando Porto Alegre completamente isolada.

O dia 21 de setembro começa a iluminar levemente o quarto. Caetana levanta-se sem ruído, pensando: Daqui a dois dias ele estará de aniversário. Vai completar quarenta e oito anos de idade seguramente em algum bivaque debaixo de chuva. Falei com ele sobre isso, ontem à noite, e Bento apenas sorriu. Sei que não há tempo a perder, que ainda hoje, no máximo amanhã, ele vai partir de novo. Só me preocupo com a travessia do Jacuí, com tantos barcos inimigos dominando o rio. Comigo e as meninas, não tenho cuidados. Ficará aqui uma forte guarnição para nos proteger. Ele mesmo, no discurso de ontem, arrancou muitos aplausos, quando saudou: *Viamão, a Trincheira Farroupilha.*

Duas semanas depois, com suas tropas sendo massacradas na Ilha do Fanfa, durante a desastrosa travessia do Rio Guaíba, Bento recebe uma notícia triste e de mau agouro: um daqueles corpos de farroupilhas mortos descendo a correnteza é do Cabo Rocha, o herói do combate da Ponte da Azenha. A premonição de Caetana, infelizmente, se tornara realidade.

Sob uma chuva contínua, no dia 22 de setembro de 1836, o general Bento Gonçalves deixara Viamão à testa de mil e cem homens, a maioria montados, e um batalhão de artilharia com alguns canhões. Fizera um amplo desvio para contornar Porto Alegre, rumando para Triunfo pela margem do Rio Jacuí. Em seu povoado natal, a travessia para a margem direita seria bem mais fácil. Desde menino a fizera a nado muitas vezes e sabia que o melhor lugar era pouco antes da confluência do Rio Taquari. Mesmo à noite e chovendo, poderiam atravessar as tropas com segurança até São Jerônimo, colocando apenas sobre algumas barcaças os canhões e as carabinas. Os cavalarianos atravessariam o rio com as montarias a nado, bem como todos os artilheiros e infantes que soubessem nadar. Tudo estava desenhado em sua mente nos mínimos detalhes. E antegozava o momento em que iria estabelecer, ao menos por algumas horas, o comando de seu estado-maior na *casa da cidade*, onde vivera grande parte da infância.

No entanto, aconteceram dois fatos que fizeram mudar seus planos. Em uma escaramuça com a vanguarda das tropas de Bento Manuel Ribeiro, que deixaram Porto Alegre em sua perseguição, liderara uma carga de cavalaria, como era do seu feitio. De repente, sentira um impacto no ombro esquerdo capaz de o derrubar do tordilho em plena corrida. Conseguiu manter-se sobre a sela, dominando a dor lancinante e sentindo o sangue correr, até o inimigo fugir, embrenhando-se na mata.

Bandado o ferimento pelo médico militar, fora obrigado a interromper a marcha por alguns dias, até porque a chuva caía em catarata e os canhões afundavam nos atoleiros. Recusando-se a voltar para Viamão, mesmo enfraquecido e com muitas dores, reassumira o comando de suas tropas. Foi quando recebeu um *chasque* do Coronel Domingos Crescêncio comunicando que estava com um batalhão de cavalaria farroupilha, cerca de duzentos soldados, na margem sul do Jacuí, perto da Ilha do Fanfa.

Bento reuniu seu estado-maior numa grande barraca sacudida pelo vento. Juntos deviam tomar a decisão. Para ele, o melhor seria prosseguirem a marcha até Triunfo, ali fazendo a travessia. Mas duas vozes se levantaram a favor de não perder tempo, aproveitando a ilha bem próxima para atravessar o rio em duas etapas. Uma delas, ponderada, foi a do capitão médico, que só pensava em seu paciente, recomendando que ele, terminada essa missão, passasse o comando ao Coronel Crescêncio, podendo tirar alguns dias de repouso para curar-se do ferimento. A outra voz, cavernosa e autoritária, foi do Major Onofre Pires, que considerava a ida até Triunfo *uma perda de tempo irracional e saudosista*.

Bento obrigou seu subordinado a calar-se, mas deixou a decisão com o estado-maior, formado, além de Onofre, pelo Coronel Marques da Cunha, pelos tenentes-coronéis Corte Real e José Calvet e pelos majores Tito Lívio Zambecari e Pedro Boticário. A maioria optou para que fizessem de imediato a travessia.

Sempre acossados pelas tropas imperiais, avançaram pela margem do Jacuí até confrontarem a ilha, inundada em grande parte pelas águas barrentas. E começaram a entrar nas barcaças vindas de Itapuã. Horas e horas de um trabalho insano, sempre debaixo de chuva, com as margens desbarrancando e muitas quedas de homens e cavalos.

Como vieram parar aqui? E passa na cabeça de Bento uma cena de sua infância na despensa da *casa da fazenda*: um camundongo esmagado na ratoeira, ainda guinchando.

O grande erro, causado pela chuva que nunca cedia, transformando a ilha rasa num atoleiro infernal, foi que, surpreendidos pelo entardecer, totalmente exaustos, tiveram que pernoitar na ilha; centenas de homens amontoados junto aos cavalos, com fome e enregelados, sem possibilidade de acender um único fogo. E, ao clarear do dia, logo depois que o ordenança Nico servira a Bento um mate frio, aconteceu o pior: surgida não se sabe de onde, a frota imperial, mais de vinte barcos fortemente armados, começou o canhoneio sobre a Ilha do Fanfa.

Neste momento, depois de duas horas de massacre, abrigado atrás do cavalo tordilho, um dos primeiros a ser atingido, é que Bento recebe do Coronel Cunha a notícia da morte do Cabo Rocha. Quantos mais farroupilhas já morreram? Impossível calcular, mas a luz do dia mostra o Jacuí virado num rio de sangue.

– A munição acabou. Vamos morrer juntos com todos os nossos soldados, meu General.

É quando Bento toma a mais difícil decisão da sua vida. Segura no braço do ordenança, que também ouviu essas palavras do Coronel Cunha, e lhe diz:

– Pega a corneta e dá o toque de parlamento.

Os lábios grossos do ex-escravo tremem ao levar o instrumento molhado à boca. Parlamentar é reconhecer a derrota. Com lágrimas nos olhos, Antônio Ribeiro, o Cabo Nico, toca o clarim que tantas vezes fez avançar os farroupilhas. O som cavo soa sinistro pelas margens da ilha e do rio.

Neste momento, o Major Onofre Pires surge diante de Bento e lhe diz, quase num sussurro:

– Permissão para encaminhar as falas, meu General.

Impressionado com o olhar de remorso de seu primo e irmão maçom, Bento diz com voz firme:

– Permissão concedida!

– O que vamos propor ao inimigo?

– Cessação imediata das hostilidades, em troca da retirada com garantia de vida e liberdade para nossos soldados sobreviventes.

Onofre ajeita o chapéu sobre a cabeça leonina e toma a direção do ponto onde foi feito o embarque. O toque de parlamento sacudira farroupilhas e imperiais com a mesma intensidade. Caladas todas as armas de fogo, principalmente os canhões imperiais, o silêncio é apenas quebrado pela trovoada distante.

Uma canoa é enviada para o Major Onofre, que a espera ereto, imponente, os braços cruzados no peito. Levada a mensagem oral ao Coronel Bento Manuel Ribeiro, este exige a presença de Bento Gonçalves em seu acampamento, juntamente com os oficiais do estado-maior, com exceção do Coronel Cunha, que fica no comando da ilha.

Assim, poucas horas depois, é assinado o documento que o Comandante das Armas redigiu do próprio punho:

Recebo como irmãos e afianço serem livres de perseguições, conforme as ordens do Governo do Brasil, todos os indivíduos que se apresentem e reconheçam o Governo legal do mesmo Brasil e da Província, os que se acham nesta ilha mesmo, os que estão nas Charqueadas dentro de quatro dias e os de Jaguarão e Pelotas no prazo de quinze dias, inclusive todos os chefes que têm acompanhado o Coronel Bento Gonçalves da Silva, e o mesmo coronel, entregando todo o parque de artilharia, armamentos e munições, na ocasião de se apresentarem.

CAMPO DO PORTO DO FANFA, 4 de outubro de 1836 – Bento Manuel Ribeiro, Comandante das Armas.

Tratar oficialmente Bento Gonçalves como Coronel não o diminui; ao contrário, mostra que seu posto anterior à revolução está reconhecido.

Assinado o documento, os soldados farroupilhas sobreviventes saem da ilha em liberdade, ali deixando suas armas, inclusive alguns canhões descarregados. Porém, Bento e seus oficiais, no momento de deixarem o bivaque imperial, recebem voz de prisão. Segundo a versão do próprio Bento Manuel, uma contraordem recebida do Presidente Araújo Ribeiro o obriga a isso.

Assim, os que tinham sido recebidos *como irmãos*, Bento Gonçalves, Onofre Pires, Zambecari, Corte Real, Calvet e Pedro Boticário, são levados para Porto Alegre e colocados a ferros num navio-prisão com destino ao Rio de Janeiro.

CAPÍTULO VI

RIO DE JANEIRO,
dezembro de 1836

O italiano olha para o jovem a sua frente e aperta-lhe a mão, transmitindo um sinal maçônico. O homem sorri, devolvendo o sinal e o abraça como se fosse um velho conhecido.

– Sois maçom?
– Como tal meus irmãos me reconhecem.
– Como te chamas, meu Irmão?
– Luigi Rossetti.
– Eu me chamo Irineu Evangelista de Souza.
– Eu sei, vim aqui para procurá-lo. Pedir sua ajuda.
– Estou a seu dispor *em tudo que possa difundir a verdadeira luz*.
– É exatamente para isso que o estou procurando, irmão Irineu. E, além da luz espiritual, sei que você deseja iluminar esta cidade como as grandes capitais do mundo.

Irineu mostra-se surpreendido.

– Sim, é verdade. Depois que visitei Londres, decidi lutar pela iluminação a gás no Rio de Janeiro. Chega desses vaga-lumes de óleo de baleia. Mas... quem lhe contou isso?

– Meu Venerável Mestre, que assistiu a uma palestra sua em Loja. Mas, a luz que estou procurando acender é a republicana. Sou um mazzinista. Exilado aqui no Brasil há mais de dez anos por ter lutado pela unificação da Itália.

– Da Itália? E como poderei ajudá-lo de tão longe, meu Irmão?

Embora estejam a sós no escritório de Irineu, Luigi baixa a voz:

– Giuseppe Mazzini nos ensinou que podemos lutar legitimamente por qualquer pátria sedenta de justiça. Neste caso, pela República Rio-Grandense.

Ao ouvir essas palavras, Irineu também fala quase murmurando:

– Sim, sei que ela foi instalada em Piratini, não longe de Arroio Grande, local do meu nascimento. A Loja Asilo da Virtude, do porto do Rio Grande, nos enviou uma *prancha* por mãos seguras.

– Uma cópia dessa comunicação maçônica também nos foi lida de maneira confidencial pelo irmão Orador. Desde o dia 6 de novembro, a República Rio-Grandense existe de fato, tendo sido eleito Presidente da República o cidadão Bento Gonçalves da Silva.

– Que está preso aqui no Rio de Janeiro.

– Sim. Por essa razão, assumiu interinamente o Vice-Presidente eleito, cidadão José Gomes Jardim.

Irineu respira fundo, antes de perguntar, no mesmo tom baixo de voz:

– E o que podemos fazer por essa República?

– Ficamos sabendo que Bento Gonçalves foi derrotado e preso por não ter uma força naval para enfrentar os imperiais. Desde o ano passado está conosco outro exilado italiano, Giuseppe Garibaldi, que, embora jovem, é um marinheiro muito capaz e experiente. Com nossas economias de exilados, sempre prontos a voltar para a Itália, compramos um barco e ele nos iniciou nos segredos da navegação. Somos nove italianos dispostos a apoiar os republicanos da sua terra, navegando para lá e ajudando na formação de uma Marinha de Guerra a ser comandada por Garibaldi.

– Nove italianos...

– Sim, somos poucos, menos que os apóstolos do Mestre, mas temos patrícios e Irmãos nossos em Montevidéu e Buenos Aires que podem nos ajudar como marujos e construtores de barcos. E foi um deles, Tito Lívio Zambecari, que está também preso na Fortaleza de Santa Cruz, quem fez contato conosco. Mesmo encarcerado, Bento Gonçalves é o Presidente da República e pode legitimar a criação dessa Armada, oferecendo a Garibaldi uma *Carta di Corso*.

– Em que termos será ela?

– Uma autorização oficial para tomar barcos imperiais em nome da República Rio-Grandense, retendo dez por cento da carga como remuneração. Assim, poderemos sobreviver sem sermos pagos diretamente por nossos serviços. No meu caso, como jornalista, pretendo criar, se me derem os meios, o primeiro jornal republicano do Brasil.

Um pouco atordoado, Irineu suspira novamente. Homem de negócios, tudo isto lhe parece uma grande fantasia. Porém, malgrado seu, sente-se fascinado pelo idealismo de Rossetti.

– E, dentro de tudo isso... no que posso ajudá-lo, meu Irmão?

– Abrindo os caminhos para que Garibaldi e eu possamos entrar na Fortaleza de Santa Cruz, acertar o que lhe falei com o Presidente Bento Gonçalves e sair ilesos de lá.

– Apenas isso?!

– Sei que é pedir muito. Mas com seus contatos comerciais e maçônicos, além de algumas onças de ouro colocadas nas mãos do carcereiro certo, acredito que seja possível essa façanha.

O que de fato acontece. Uma semana depois, acompanhado de Garibaldi e toda a tripulação italiana, Rossetti contempla bem próxima a Fortaleza de Santa Cruz. Frente à proa do *Mazzini*, com suas velas enfunadas pelo vento que sopra de oeste, as ondas se retorcem até se chocarem no paredão de pedras. Situada frente à Fortaleza de São João, que também vigia a entrada da Baía da Guanabara, junto ao morro Pão de Açúcar, Santa Cruz está armada com poderosos canhões cuja visão é assustadora.

Mas não para aqueles homens condenados à morte por terem lutado pela independência de sua pátria. E que, depois de longos anos de exílio, desejam voltar à ação. Por isso, desviando a nau para boreste, fora do alcance dos canhões, Garibaldi diz em italiano:

– Vamos lançar âncora aqui. Baixamos o escaler que levará a mim e Luigi até junto da fortaleza. Ele será remado por Staderini e Lodola. Matru assumirá o comando na minha ausência.

– Capitão, tem um homem abanando ali no meio das pedras.

– É o Nico Ribeiro, ordenança do General Bento Gonçalves – diz Rossetti, erguendo o braço direito para acenar.

– E como ele escapou da prisão?

– Não escapou. Veio por conta própria para cá num navio mercante. É ele que nos serve de *pombo-correio* com os prisioneiros. Nico fez amizade com os carcereiros e sabe em quais deles *podemos confiar*.

– Entendi – diz Garibaldi, acomodando nos cabelos louros o barrete frígio. – Caberá a ele *entregar a recompensa* que nos confiou o irmão Irineu, não é?

Rossetti aperta com a mão direita uma pequena bolsa cheia de moedas. E pensa: Teremos quinze minutos para conversar com eles. Uma onça de ouro por minuto.

Quando o escaler encosta no espaço entre as pedras, Nico Ribeiro os recebe sorrindo. Indagado se está tudo em ordem, ele responde, recebendo a bolsa e a guardando numa sacola de couro que traz atravessada ao peito:

– Está tudo acertado. Imaginem quem deu o toque da alvorada na fortaleza, esta manhã? Eu mesmo. O corneteiro adoeceu e fui chamado. Vamos logo, que o nosso turno favorável não vai durar muito.

Os três homens entram no paredão norte por uma pequena porta de ferro, aberta por Nico com uma chave enorme, tirada de sua sacola. Dali seguem por um corredor estreito, na obscuridade. Sobem dois lances de escadas e descem mais um, que se abre numa espécie de galeria, com algumas portas de ferro, todas fechadas. Lacraias se agitam nas paredes úmidas. Cheiro de fumaça, vindo não se sabe de onde.

– É a segunda porta do lado esquerdo – diz Nico, exibindo outra chave e avançando alguns passos. – Depois que eu abrir a porta, podem começar a contar os minutos.

Rossetti tira um relógio da algibeira e confere as horas: oito e trinta e cinco. Precisa se abaixar antes de entrar no cárcere, o mesmo fazendo Garibaldi, embora de pequena estatura. Dentro, cheiro de latrina e de corpos suados. Dois homens se aproximam na contraluz de uma janela gradeada em forma de ogiva. Um deles fala emocionado:

– *Fratelo Luigi... Fratelo Giuseppe...*

– *Fratelo Tito...*

Os três italianos se unem num único abraço. Depois, Zambecari se volta para o homem que os contempla sorrindo e o apresenta:

– Nosso irmão, o General Bento Gonçalves da Silva, *il Presidente della República Rio-Grandense.*

Dia 7 de maio de 1837. Depois dos longos preparativos concluídos, os nove italianos acomodam suas bagagens no *Mazzini*, já pronto para zarpar. Para as autoridades do porto, apenas mais uma navegação de cabotagem de uns poucos dias, devendo voltar com café e açúcar para comerciar no Rio de Janeiro. Na verdade, já estão a serviço da República Rio-Grandense. Levam até escondida uma bandeira rústica, feita de acordo com as informações de Zambecari, tendo três faixas nas cores verde, vermelha e amarela.

Tito Lívio, filho do Conde Francesco Zambecari, fora um dos primeiros a seguir as ideias de Mazzini, aliando-se a ele e a Rossetti como estudante na Universidade de Bolonha, cidade onde nasceu no dia 3 de junho de 1802. Logo as reuniões são proibidas e os maçons começam a ser perseguidos e assassinados. Temem os governantes monarquistas que os insurgentes *carbonários*, ou carvoeiros, como nasceu o nome em língua francesa, implantem novo movimento na Europa, como o que começou com a queda da Bastilha.

Depois de quatro anos exilado na Espanha, a situação se agrava novamente, e Tito Lívio Zambecari é condenado à morte em Barcelona. Assim, no verão de 1826, com apoio dos maçons da Catalunha, aquele jovem de vinte e três anos, com cabelos e barba negra, é colocado num navio de bandeira inglesa com destino ao sul da América. No seu longo trajeto, o barco aporta na Ilha de Santa Helena, cinco anos após a morte de Napoleão. Tito Lívio, admirador do corso, que considera mais italiano do que francês, jamais esquecerá aquelas horas que passou ali.

Dois meses depois da partida, desembarcou em Montevidéu, onde obteve emprego como desenhador de mapas. E ficou impressionado que o nome da cidade tenha origem num monte, um dos raros da costa do Atlântico Sul, identificado como *Monte VI de O.*, ou seja, o sexto monte a surgir a oeste. Mas logo se transfere para Buenos Aires, onde apoia a facção maçônica contrária ao ditador Rosas. Obrigado a fugir outra vez, parte para Porto Alegre e se apresenta a Bento Gonçalves com uma carta maçônica. O objetivo é orientar o coronel brasileiro a fundar a primeira loja maçônica no Rio Grande do Sul.

Erguidas as colunas da Loja Philantropia e Liberdade, em 25 de dezembro de 1831, Zambecari alia-se a Bento, o primeiro Venerável Mestre, como conselheiro de todas as horas. Assim, foi um dos primeiros a apoiar a Revolução Farroupilha, tendo sido feito prisioneiro após o massacre da Ilha do Fanfa.

Rossetti dá essas informações aos outros tripulantes, que, com exceção de Garibaldi, não conhecem seu conterrâneo prisioneiro na Fortaleza de Santa Cruz, diante da qual passam neste momento.

– *A la mar voy!*

Grita Garibaldi, quando o *Mazzini* começa a navegar nas águas do oceano, na longa viagem em direção ao sul.

Algumas milhas depois, já distantes da costa, Rossetti hasteia no mastro da *mezzena* o pavilhão verde, vermelho e amarelo. Que estala ao vento e se abre pela primeira vez num navio da República Rio-Grandense.

CAPÍTULO VII

VIAMÃO,
22 de setembro de 1837

Ainda está escuro quando o cavaleiro avista, muito ao longe, as fracas luzes da povoação. Sua montaria tropeça mais uma vez e estaca de chofre. O homem é atirado à frente, segurando-se nas crinas com a mão direita.

Que *diacho*! Se não estivesse mais esgotado do que ele, eu teria vindo a pé. Pensa nisso, enquanto solta as crinas ásperas e acaricia o pescoço já suado do animal. Que horas saímos daquele rancho cheio de percevejos? Pelas estrelas, umas quatro da madrugada. E volta a coçar-se, sem se dar conta. Chegamos ao entrar do sol e, no piquete rapado onde o soltei, este pobre matungo nem conseguiu matar a fome. Decerto, o dono do rancho deve ter escondido seu próprio cavalo em algum mato próximo. Em tempo de guerra, estes animais valem uma fortuna. Ainda bem que lhe dei bastante água numa cacimba. Se o soltasse fora do piquete, certamente sumiria no campo aberto.

Bueno, el mejor es lo que tenemos, como diz a Caetana. E sente o peito apertado só em pensar na mulher, que deve estar dormindo no casarão que foi dos seus avós maternos, onde passaram a última noite juntos um ano atrás. Outra coincidência extraordinária, como foi a da minha libertação ter sido em 10 de setembro, exatamente dois anos após a Batalha do Seival, que provocou a nossa independência... Diferente da minha mulher, eu não costumo acreditar nessas coisas. Mas, quando acontecem, lembro a frase tantas vezes dita pelo meu sogro, que Deus o tenha: *Yo no creo en brujas, pero que las hay, las hay.*

Bento caminha pelo capim molhado, puxando o cavalo pelo cabresto, depois de ter atado as rédeas no cabeçalho do serigote. Gosta de dizer essa palavra, em lugar de lombilho, porque sabe ser de origem alemã, *sehr gute*, quando os imigrantes mostravam a sela *muito boa*, por eles fabricada, e os brasileiros acreditavam ser o seu nome original. E pensa: Os primeiros alemães que conheci lutaram ao meu lado na Batalha do Passo do Rosário e portaram-se como valentes. Enquanto alguns brasileiros, como o meu tocaio Bento Manuel, que deveriam defender a própria terra, nos deixaram na mão, lutando em desigualdade contra a cavalaria invasora.

Ao pensar nisso, esquece *Ituzaingó*, e todo o desastre da Ilha do Fanfa lhe volta à cabeça. É quando enfia a bota numa toca de tatu, quase caindo ao chão. Chega disso, diz para si mesmo. Depois daquela traição, fiquei preso onze meses e seis dias, mas estou aqui, bem perto de Viamão e, talvez, da minha mulher, das minhas filhas... Estive encarcerado, primeiro na Fortaleza de Santa Cruz, depois na da Lage e, afinal, na do Mar, na Bahia. Lugar de onde fui libertado pelos republicanos seguidores do Doutor Sabino.

Bento segue caminhando com cuidado, ao contrário do cavalo às suas costas, que tropeça e faz o cabresto levantar-lhe o braço direito. Ele pragueja e precisa parar mais um pouco. É quando seu pensamento volta à Fortaleza de Santa Cruz, naquela manhã em que conheceu Rossetti e Garibaldi. Ao ser apresentado, estranhou a maneira como os italianos o fitavam, talvez pensando que nunca tinham visto um general e presidente de uma república tão sujo e esfarrapado. Mas a razão era outra, conforme depois lhe disse Zambecari, passados os quinze minutos. Tempo ínfimo em que só trataram da futura Armada e do jornal republicano, ficando acertado que aprovavam ambos, devendo os italianos apresentar-se o quanto antes em Piratini. A razão da surpresa de Rossetti e Garibaldi fora a semelhança de Bento com Giuseppe Mazzini, parecendo um irmão mais velho do revolucionário italiano. Zambecari já se dera conta disso, mas sem nada dizer ao amigo. Mais uma coincidência ao gosto de Caetana que *cre en brujas*, simplesmente.

Como estará a minha mulher? Será que estou mesmo tão perto dela? Terá ficado todo este ano em Viamão ou voltou para o Uruguai? Até a última notícia que recebi, pelo Nico, antes de tentar a fuga da Fortaleza da Lage, a Caetana ainda estava aqui. E, quando eu desisti de fugir, para não abandonar o Pedro Boticário, o que era meu dever como amigo e irmão maçom, só pensei nela, se entenderia a minha atitude. Principalmente depois que fiquei sabendo do sucesso da fuga, naquela mesma noite, do Onofre e do Corte Real, graças ao plano montado por Irineu Evangelista de Souza.

Por alguns minutos, caminhando lentamente, Bento recorda do momento em que terminou de limar a última barra de ferro e a retirou do encaixe. Depois, infiltrou-se pela passagem estreita, saindo para o esplendor de uma noite estrelada. Ancorado junto às pedras rasas da Fortaleza da Lage, um escaler o aguardava para a fuga. Respirou o ar salgado e ensaiou um primeiro passo, com as pernas enfraquecidas. Foi quando ouviu um soluço vindo do calabouço e ouviu Pedro Boticário, seu único companheiro de cela, lhe dizendo com voz chorosa: *Sou grande demais para esta passagem... não consigo sair... Vai, Bento... vou ter que ficar aqui...*

Bento hesitou um pouco, mas não foi. Acenando com as duas mãos para que o escaler fosse embora, recolhendo os farroupilhas que o esperavam na Fortaleza de Santa Cruz, ele voltou para aquele sepulcro em vida.

No dia seguinte, as autoridades do Império, lideradas pelo Regente Feijó, mandaram colocá-lo num navio de guerra que o transportaria até a Ilha de Fernando de Noronha. Dali, nenhum prisioneiro jamais voltara vivo.

O cavalo exausto empaca outra vez. Bento volta-se para o animal esgotado e lhe acaricia a testa. Melhor nós dois descansarmos mais um pouco, pensa ele. Senta-se num tacuru, dos muitos espalhados pela várzea, e seu pensamento retorna à longa viagem acorrentado no porão do brigue-barca, um veleiro de três mastros. Navegação interrompida depois de ter sofrido uma tentativa de envenenamento. O capitão do barco, que estava decidido a entregar o prisioneiro na ilha distante, como eram suas ordens, mandou o timoneiro rumar para o porto mais próximo, que era o de Salvador, capital da Bahia. E ali, graças aos cuidados de um médico militar, trazido pelo Coronel Francisco José da Rocha, mestre maçom e republicano convicto, ele se recuperara em alguns dias.

Bento respira fundo, levanta-se e recomeça a caminhar, puxando o cavalo pelo cabresto. Passam por um valo cheio d'água e atingem, finalmente, a estrada vicinal. Dali, sempre em terreno plano, sabe que Viamão está apenas a meia légua. E pensa outra vez em Caetana, no seu cheiro de mulher bonita. O que o faz arrepiar-se e ganhar forças para seguir em frente.

O mesmo acontecera, em condições muito mais drásticas, quando o Coronel Rocha autorizara, como parte do tratamento recomendado pelo médico, alguns banhos de mar. O plano era que, no primeiro deles, Bento nadasse até um barco pesqueiro que estaria nas proximidades. Até hoje não sabe como conseguiu esse feito, porque, embora fosse ótimo nadador, ainda estava muito debilitado. Porém, só conseguiu ser recolhido pelos *sabinos* de Itaparica porque um marujo, também republicano, molhara a pólvora dos canhões. E os tiros, que deveriam afundar o barco que o recolheu, esvaíram-se em fumaça.

Acaba de pensar nisso, quando soa um tiro de verdade e o cavalo arranca o cabresto de sua mão. Um segundo disparo de carabina, e o animal cai pateando. Bento se abriga atrás dele, ouvindo uma voz esganiçada gritar:

– Quem vem lá?

Respira fundo e responde em tom marcial:

– Sou o General Bento Gonçalves da Silva! Que loucura é essa de atirar antes de pedir a identificação?

– São nossas ordens, senhor.

– Quem está no comando da guarnição?

– O Tenente-Coronel Onofre Pires, senhor.

Um esboço de sorriso força caminho no rosto de Bento. Mas logo volta a ficar carrancudo e fala com voz de comando:

– Fui eu quem mandou construir essa trincheira aí, como as demais que cercam Viamão, todas a uma distância de cem passos umas das outras.

– Sei disso, senhor. E conheci sua voz.

– Diga seu nome e seu posto!

– Cabo Gutierres. Eu sou do Aceguá, servi com o senhor em Bagé, antes da revolução.

– Pois então sabe que sou superior hierárquico do Tenente-Coronel Onofre. E, nessa condição, ordeno que abra caminho e me entregue um cavalo para que eu prossiga até Viamão.

O sol começa a nascer, o que acontece rápido nesta planura. Depois de alguns segundos de silêncio, surge um vulto de dentro da trincheira, que se aproxima, seguido por outros dois.

– Perdoe, General, eu estava apenas seguindo ordens.

Bento levanta-se detrás do cavalo morto e avança alguns passos. O cabo e os dois soldados batem continência. Alguns minutos depois, montado no tordilho do Cabo Gutierres, para o qual foi transferido seu serigote com as malas de poncho e de garupa, Bento segue pela estrada. Um dos soldados galopara na frente para prevenir os guardas das outras trincheiras.

Ele não consegue dominar a emoção, levando aos olhos um lenço amarrotado. Agora, depois de tantas vezes em que sonhou com ela, a pequena cidade onde nasceu sua mãe está ali diante dele, com a linda igreja brilhando ao sol.

A boa notícia corre como um rastilho de pólvora e, ao entrar na rua principal, algumas pessoas surgem nas janelas e nas calçadas para o aplaudir. O cavalo tordilho segue pisando firme, agora meio ladeado, parando diante de outro cavalo, um gateado retaco e forte, em que está montado um oficial de porte gigantesco, seguido por outros cavalarianos.

Bento e Onofre apeiam e se abraçam três vezes, como Irmãos. Depois, o tenente-coronel recua um passo, bate continência e diz em voz bem alta:

– Bem-vindo à República Rio-Grandense, Senhor Presidente.

Palavras que levam os viamonenses à loucura, principalmente depois que se espalha outra boa notícia. Pelas leis internacionais, ao pisar em solo de sua pátria, o Presidente da República assume de imediato as suas funções.

Porém, antes de dirigir-se à Câmara de Vereadores, Bento tem uma importante tarefa a cumprir. Monta no tordilho e, agora, seguido por muita gente, avança mais algumas quadras até um casarão de esquina, caiado de branco.

Na sacada do andar superior, uma mulher morena, banhada em lágrimas, acena para o marido, ladeada por duas meninas, também vestidas de azul.

Neste momento, os sinos da Igreja Nossa Senhora da Conceição começam a repicar.

CAPÍTULO VIII

PIRATINI,
1º de setembro de 1838

Um galo canta bem próximo. Rossetti tira o relógio do bolso, o mesmo que marcara os quinze minutos na Fortaleza de Santa Cruz, e abre a tampa com os dedos sujos de tinta. Quase quatro horas. Mas o dia só vai nascer pelas seis e meia. Pode esperar que sequem as folhas, para depois montar os primeiros exemplares do jornal.

Por via das dúvidas, resolve dar uma olhada lá fora. Abre a porta da sala e sente o vento gélido que sobe a Rua Clara. A lua branca, no alto do céu, parece vigiar a cidade adormecida. Lembra-se, de imediato, que foi por esta rua, ao comprido da qual o sol nasce e se põe em Piratini, que chegara de Montevidéu a carreta transportando a impressora. Depois de um ano esperando aquela maravilha importada da Europa, o sonho de fundar o primeiro jornal republicano do Brasil irá se tornar realidade.

Seu plano é estar com alguns exemplares montados ao clarear do dia, para cumprir o que prometera ao Ministro da Fazenda, Domingos José de Almeida: entregar o primeiro ao Presidente da República. Como Bento e Caetana vivem numa casa ali pertinho, bastará caminhar alguns passos até o sobrado da esquina, onde foi instalado o Ministério da Guerra, e dobrar à esquerda na Rua do Bom Fim.

No térreo do mesmo prédio do ministério está em funcionamento há quase dois anos uma escola pública para alfabetização e primeiras letras de meninos e meninas. Esta foi uma promessa cumprida pelos farroupilhas, no mesmo dia em que nasceu a República Rio-Grandense. Por incrível que pareça, quando já existiam cursos superiores de Medicina e Direito, custeados pelo Império no Rio de Janeiro, Bahia e São Paulo, na Província de São Pedro só funcionavam algumas poucas escolas particulares de ensino primário.

Pensando nisso, Rossetti retorna para o interior da casa, esfregando as mãos geladas. É preciso também alfabetizar adultos, como Procópio, o antigo escravo que o auxilia na impressão do jornal. Tendo sido libertado nos primeiros meses do início da revolução, ele deixara a Estância da Boa Vista para incorporar-se ao Regimento dos Lanceiros Negros, criado pelo Coronel João Manuel de Lima e Silva, após a tomada de Pelotas. Procópio estava em Viamão quando Bento Gonçalves ali chegara naquela manhã inesquecível de quase um ano atrás. Por sua pontaria certeira, com garrucha ou carabina, fora selecionado para a guarda pessoal que acompanhou o Presidente até Piratini. Mas era tão grande seu desejo de aprender a ler e escrever, que, indicado por Nico Ribeiro, viera trabalhar com Rossetti desde o primeiro dia da montagem da impressora.

Na chapa do fogão, a velha chaleira de ferro começa a chiar. Procópio a levanta pela alça, enchendo a cuia até o topete verde. Suas mãos também estão manchadas de tinta, embora as tenha lavado após pendurar as folhas impressas para secar. Agora ali estão elas, como roupas num varal, com o mistério de tantas palavras escritas, que um dia ele saberá decifrar. Por enquanto, já está contente em conseguir manejar a impressora e poder tomar mate, de igual para igual, com um homem branco. Sim, Rossetti, que adotara o chimarrão em todas as madrugadas, assim o exigira desde o primeiro dia de trabalho com Procópio. Nada de duas cuias os separando. Um ato simples, na aparência, mas de alto significado para o mazzinista e o ex-escravo.

Como acontecera na Independência do Brasil, em 1822, a abolição da escravatura não ocorreu em 20 de setembro de 1835, nem em 6 de novembro de 1836 na instalação da República. Somente foram declarados livres, recebendo cartas de alforria, homens e mulheres que passaram a prestar serviços para o governo da nova Nação, tanto em atividades civis como militares. A desculpa era de que, com a ausência da maioria dos homens válidos convocados para a guerra, se todos os escravos e escravas fossem libertados, quem cuidaria dos campos? Transformá-los em trabalhadores livres e remunerados fora tentado por Bento Gonçalves e outros estancieiros maçons, mas a grande maioria não aceitou nem discutir o assunto. Uma causa para a qual o italiano acredita que a pregação do jornal *O Povo* irá contribuir de imediato.

Depois de tomarem alguns mates, Rossetti diz para Procópio retirar com cuidado uma das folhas de papel para verem se a tinta já está seca. Não faz isso com as próprias mãos porque elas estão tremendo. Depois de doze anos longe de sua terra, volta a editar um jornal, totalmente inspirado no primeiro que fundou na Universidade de Bolonha.

Procópio coloca com cuidado o jornal sobre a mesa da cozinha, ao lado do candeeiro fumegante. Rossetti aproxima-se e sente a garganta estreitar-se mais ainda, quando o ex-escravo pergunta, aproximando do título o dedo indicador:

– O que está escrito aqui?

A resposta vem em italiano aos lábios do jornalista, mas ele tosse duas vezes e fala em português:

– *O POVO*, é o que está escrito em letras grandes. O nome do jornal.

– Por que essas duas flores de cada lado do nome?

– São só enfeites.

– E nessas letras pequenas, o que diz?

– *Piratini, sábado 1 de setembro de 1838.*

– O dia de hoje?

– *È vero, il giorno il più importante de tuta la mia vita.*

– Seu Luiz?

– Sim, Procópio?

– Dá pro senhor falar em língua de brasileiro?

– Dá, sim. O que tu queres saber mais? O que está abaixo do título? Aí diz: *Jornal Político, Litterario e Ministerial da República Rio-Grandense. Este Periódico he de propriedade do Governo. Se publica na 4ª feira e Sabbado de cada Semana. Vende-se em Piratini na Caza do Redactor, onde também se recebem Assignaturas a 4$000rs, em prata, cada Semana, pagos adiantados. Folhas avulsas 80rs.* Mas, para nós dois, é de graça, meu amigo.

Procópio sorri, mas logo mostra um outro texto no lado direito da folha. Rossetti emociona-se novamente:

– Aqui... aqui está a alma do jornal, a razão dele estar nascendo. Aqui eu traduzi umas palavras do nosso jornal italiano, para sair em todas as edições: *O poder que dirige a revolução tem que preparar os ânimos dos cidadãos aos sentimentos de fraternidade, de modéstia, de igualdade e desinteressado e ardente amor da Pátria. Jovem Itália, Volume V.*

Sem dizer mais nada, Rossetti levanta-se, retoma a cuia do apoio de arame trançado, enche mais um mate e o toma sem se dar conta de que a água já esfriou. Depois, dirige-se ao varal onde estão as outras folhas e diz com voz rouca:

– Estão todas secas. Esta que nós lemos, podes guardar para ti. Enquanto levo um exemplar para o General Bento Gonçalves, tu podes dobrar os outros, está bem?

Alguns minutos depois, encapotado, Rossetti sai para a Rua Clara, ainda deserta. Com o sol nascendo às suas costas, anda alguns passos e entra na Rua do Bom Fim. Logo adiante, à esquerda, na esquina com a Rua da Bica, o espera Nico Ribeiro diante de um sobrado branco, com aberturas azuis.

– Bom dia, seu Luiz.

– Bom dia, meu amigo.

Apertam-se as mãos e o corneteiro lhe diz, sorrindo:

– O General está esperando o senhor.

Toma a dianteira até a porta de entrada, dá três batidas leves e espera. Logo a porta é aberta pelo próprio Bento:

– Bom dia, meu Irmão.

Muito emocionado, Rossetti inclina a cabeça e diz:

– Deixo *O Povo* em suas mãos... Missão cumprida, meu Presidente.

Bento pega o jornal e aperta a mão de Rossetti, transmitindo um sinal maçônico que os faz sorrir. Convida-o a entrar, e sentam-se lado a lado em duas poltronas.

– Quer um mate?

– Obrigado, já tomei a minha cota esta madrugada.

Bento concentra-se no jornal, percorrendo as páginas com atenção. Olha para as mãos de Rossetti, manchadas de tinta, e lhe diz:

– A República te é grata. Mas tua missão está apenas começando. Com ajuda do Grande Arquiteto do Universo, ainda irás imprimir muitas edições.

E acrescenta, de maneira familiar:

– Estás sentindo o cheiro bom que vem da cozinha? Faço questão que tomes café conosco.

– Obrigado, meu Presidente. Depois deste, prometi entregar um exemplar ao Ministro Almeida, que já deve estar me esperando.

– Então o encontrarei lá na sede do Governo... Mas, antes, só um assunto mais. Teve notícias recentes do nosso Giuseppe Garibaldi?

– Nada, por enquanto. Ele certamente está ainda na foz do Rio Camaquã, com o grupo de italianos, escolhendo e marcando as árvores que serão derrubadas para construção dos dois barcos. Mas prometeu que estará aqui nas comemorações do 20 de Setembro.

– É, vamos festejar nossos três anos com muita pompa. O Maestro Mendanha até me prometeu que o Hino da República será tocado e cantado pela primeira vez. Finalmente, após a tomada de Rio Pardo, com exceção de Rio Grande e Porto Alegre, todo o território da antiga Província está sob nosso controle.

De fato, depois da vitória do dia 30 de abril de 1838, quando cinco mil combatentes farroupilhas e caramurus travaram a Batalha do Barro Vermelho, a maior desta revolução, Rio Pardo tornara-se parte da República Rio-Grandense. E, como símbolo dessa vitória, em que se uniram as divisões de Bento Gonçalves e Antônio de Souza Netto, fora trazida para Piratini, como presa de guerra, a Banda Marcial dos imperiais. Veio com ela o maestro Joaquim José de Mendanha, republicano desde sua juventude em Minas Gerais, e todos os músicos, agora a serviço da nova causa.

Bento acompanha Rossetti até a porta e se despedem, desta vez com um tríplice e fraternal abraço. Diante da casa, Nico lhe diz discretamente:

– Seu Luiz, a Dona Caetana quer falar com o senhor em particular. Pede-lhe para voltar aqui ainda esta manhã, se lhe for possível.

Impressionado com essas palavras, Rossetti responde que sim, que virá pelas dez horas. E segue seu caminho, cismando.

O encontro com Domingos José de Almeida é bem diferente. Mais preocupado com as despesas feitas para importar a impressora, grande quantidade de papel e tinta, o Ministro da Fazenda acha barato o preço da assinatura e muito poucos os anúncios pagos na primeira edição do jornal. Reafirma, em voz bem alta, que o custo total foi de: *Três contos, oitocentos e cinquenta e dois mil e oitocentos réis, equivalente ao preço de trezentos cavalos!* Felizmente, antes que o lado beligerante de Rossetti o domine, Bento chega à sede do governo e os apazigua:

– Apenas em Rio Pardo, conquistamos do inimigo mais de trezentos cavalos, além de alguns canhões, muitas outras armas e pólvora em quantidade. Pena que não pudemos impedir a fuga dos navios de guerra, caso contrário, o nosso irmão Garibaldi estaria equipado sem perder tempo derrubando árvores.

A palavra *irmão* é bem acentuada, para recordar a Almeida, também maçom, de que chegou no limite do respeito devido ao mazzinista. E, sempre sorrindo, Bento recolhe de cima do *bureau* o exemplar de *O Povo* e o ergue como um estandarte:

– Além disso, o investimento que estamos fazendo neste jornal seria aprovado pelo próprio Napoleão Bonaparte... Segundo minha mulher, uma admiradora da Imperatriz Josefina, que lê tudo o que encontra a respeito dela, Napoleão lhe teria dito: *Três pasquins raivosos são mais temíveis do que mil baionetas.*

– ...

– ...

– Em nosso caso, meus prezados, vamos substituir a raiva pela inteligência, educando nossos patrícios que lutam por ela, mas não sabem o que é uma República...

Voltando a ser feliz, Rossetti também sorri, enquanto Almeida remexe-se na cadeira, sem encontrar o que dizer. E Bento prossegue, sentando-se finalmente:

– Superada esta questão, vamos planejar em como empregar nosso jornal na preparação dos ânimos do povo para algo que considero inevitável: a transferência da nossa capital para a vila de Caçapava...

Pelas janelas que se abrem para a Rua Clara, as casas brilhando ao sol parecem atrair os olhares dos três homens. Abandonar a cidadezinha de arquitetura açoriana, onde nasceu a República Rio-Grandense, mesmo sendo uma decisão estratégica, irá ferir os piratinenses; inclusive os *adotivos*, como Almeida, que batizou um filho ali nascido com o nome de Piratinino. De fato, é ele quem cuida dos assuntos administrativos do governo, uma vez que o Presidente, o Vice e os demais ministros pouco ficam na capital, sempre envolvidos em questões de guerra.

– Na minha opinião, tu sabes, temos que tratar desse assunto com muito cuidado.

– Concordo contigo. Por isso, pretendo que essa pregação comece com um artigo meu a ser publicado nas comemorações do 20 de Setembro. Quero que essa mudança seja feita, o mais tardar, no início do próximo ano. Caçapava encontra-se numa região mais central para nossos deslocamentos, além de sua posição estratégica fácil de defender.

– Mas essa mudança vai nos custar uma fortuna...

Sabendo que a discussão vai exigir toda a sua paciência, Bento resolve dispensar Rossetti, que começa a bocejar, visivelmente exausto. Porém, quando o italiano sai para a Rua Clara, agora bastante movimentada com pedestres, carroças, carretas e até *fiacres* circulando nos dois sentidos, também sente um aperto no coração. De fato, até para ele Piratini tornou-se um refúgio seguro, onde não se sente exilado. E desmontar a impressora, transportá-la por muitas léguas numa carreta e remontá-la em Caçapava, além de calar *O Povo* por algum tempo, não será uma tarefa fácil.

No entanto, como esse tema não depende dele, Rossetti volta ao momento presente e consulta o relógio: oito e meia. Terei tempo de tomar banho e mudar de roupa antes de visitar a senhora esposa do Presidente.

Nesse momento, em sua casa na Rua do Bom Fim, Caetana termina de pentear os cabelos negros, de onde retirou com cuidado mais um fio branco, e coloca os brincos e o colar. Simples enfeites sem grande valor, porque doou suas joias, desde os primeiros dias, para os cofres da nação republicana.

Pensa no que vai propor a Luigi Rossetti para comemorar o aniversário de cinquenta anos de Bento, três dias depois dos festejos de 20 de Setembro. Como ele não deseja nenhuma festa, Caetana imaginou que poderá mandar imprimir algumas centenas de exemplares do manifesto que ele escrevera em 23 de setembro de 1835, publicado dois dias depois no jornal *O Recopilador Liberal.* Um texto patriótico que se tornou raridade e merece ser outra vez divulgado.

Também quer mostrar ao jornalista uma carta que acaba de receber da amiga Magdalena, viúva de Ignácio Guimarães, falecido na vila de Camaquã. Pretende que Rossetti, seu autor, entregue a Bento no dia do aniversário.

Caetana empoa levemente o rosto e depois abre uma gaveta da penteadeira. Retira dali um envelope e o abre para reler a carta:

Estância do Sr. João Gonçalves, 23 de outubro de 1837
Ilmo. Sr. Ignácio José d'Oliveira Guimarães
Sua Estância – Camaquam
O Ilmo. Sr. Tenente-Coronel Antunes pretendera apresentar-me a Vossa Senhoria a fim de combinarmos a maneira de resgatar ao Ilustríssimo Senhor General Bento assunto em que Vossa Senhoria toma transcendente interesse; impossibilitado de fazê-lo por ter de me dirigir ao cerco de Porto Alegre, me vejo constrangido a lhe dizer por escrito o que vocalmente lhe teria dito.

Conforme o que acertaram, é necessário enviar uma embarcação para a Ilha de Fernando; mas precisa que seu comandante seja homem nosso por princípios e por determinação. Eu me responsabilizo de achar esse homem, porém ele tem que levar consigo uma força de outros homens que só se movem por dinheiro. De aqui a necessidade de um sacrifício por parte da Nação.

Eu, como todos, estou persuadido de que a Nação não se negará a esse sacrifício, pois ela sabe demais o quanto deve ao General, ao homem que, se aqui estivesse, há muito tempo lhe teria conquistado aquela Liberdade que com tanta ânsia deseja; porém, atualmente, os seus cofres estão escorridos, e mal chega o pouco dinheiro que há para remediar as precisões de maior necessidade. Não há, por conseguinte, que um meio, e é o apontado pelo Ilustríssimo cunhado do General Bento.

Se Vossa Senhoria está disposto a afiançar com sua assinatura os 20 mil patacões que a Nação gastaria por isso, Vossa Senhoria tem que me autorizar por escrito a tratar em Montevidéu desse assunto com aquela pessoa que eu mais apta julgar, e obrigar Vossa Senhoria como fiador.

Eu marcho para o cerco, de onde voltarei o mais breve que me for possível. Em tudo que Vossas Senhorias determinarem me honrarei muito em obedecer, pelo muito que merecem, quanto pelo grande afeto que tenho pelo Ilustríssimo Senhor Bento Gonçalves e à causa da Humanidade que ele tentou defender.

Na minha volta para Piratini, me procurarei a honra de conhecê-lo pessoalmente.

De Vossa Senhoria o muito venerador,
Luigi Rossetti

Caetana termina de ler, quando sua filha mais velha, Perpétua, entra no quarto e lhe diz que o *jornalista italiano* está esperando na sala de visitas: *Um homem lindo, mamãe.* Ela respira fundo e pensa: Quando Rossetti escreveu esta carta, Bento já estava de volta, embora a maioria dos rio-grandenses o considerassem encarcerado na ilha de Fernando de Noronha. Muitos lamentaram sua sorte. Poucos, como ele, um estrangeiro, agiram para conquistar sua liberdade.

CAPÍTULO IX

PORTO ALEGRE,
4 de abril de 1839

— Com o perdão de Vossa Excelência, senhor Ministro, sua própria fé de ofício prova que os jovens podem cometer erros... e depois remediá-los pela força do caráter.

O Tenente-Coronel Luiz Alves de Lima e Silva olha para o General Eliziário, que acaba de pronunciar essas palavras, e depois para o rosto de Sebastião do Rego Barros, que nem a barba espessa esconde o rubor. Sim, todos sabem que Rego Barros, ainda adolescente, aliara-se ao movimento republicano de 1817, inclusive tendo sido preso e trazido de Recife ao Rio de Janeiro, no porão de um navio. Anistiado em 1822, ele lutou pela consolidação da Independência do Brasil, soube mostrar seus dotes militares e, a seguir, sua competência política; méritos reconhecidos por Araújo Lima, substituto de Feijó como Regente do Império, que o nomeou Ministro da Guerra. Assim, depois de alguns segundos de estupefação, fala:

— Senhor General Eliziário, admiro a vossa franqueza, mas um erro não justifica outro. Até porque não exerço aqui uma autoridade em meu próprio nome. E como seu superior hierárquico, caso repita uma desconsideração semelhante, não terei alternativa senão levá-lo preso para o Rio de Janeiro no porão do meu navio.

Desta vez, é o Comandante das Armas da Província de São Pedro quem fica com o rosto cor de púrpura. E, depois de gaguejar algumas palavras como desculpas, presta continência ao Ministro e senta-se na poltrona de onde se ergueu de forma intempestiva.

– *Ipso facto*, vamos prosseguir nosso trabalho, eu e meu Ajudante de Ordens, o Tenente-Coronel Lima e Silva, a quem passo a palavra para suas considerações.

O oficial ergue-se e começa a falar com voz pausada, sem consultar os papéis que tem em mãos:

– Sua Excelência, senhor Ministro; Sua Excelência, Senhor General, depois de cumprida minha missão de análise dos fatos e de interrogar os jovens oficiais em pauta, posso adiantar que acredito na sinceridade do depoimento do Capitão Manuel Luiz Osório quanto ao motivo maior por que pede sua exoneração do Exército Brasileiro. Digo aos senhores que o Capitão Osório deixou bem claro, e por escrito, que não é levado a essa decisão apenas por razões de ordem familiar, mas sim pelo tratamento preconceituoso que a ele vem sendo dispensado pelo Comandante das Armas, e a outros oficiais, no momento em que esta Província se encontra quase toda nas mãos dos sediciosos republicanos.

Desta vez, sob o olhar autoritário do Ministro da Guerra, o General Eliziário mantém-se sentado, mas diz com voz cavernosa:

– O Capitão Osório foi aliado dessa camarilha quando tomaram o poder e ocuparam à força este mesmo Palácio, em setembro de 1835.

Entendendo o sinal de cabeça do Ministro da Guerra, o Tenente-Coronel olha para Eliziário, nascido em Portugal, que ainda conserva a pronúncia lusitana, e lhe diz:

– Sim, ele reconhece esse fato, Excelência. Como Tenente, Manuel Luiz Osório apoiou seu superior, Coronel Bento Gonçalves, na deposição de autoridades que desejavam a volta do Brasil ao domínio de Portugal. E não foi o único oficial a fazer isso, entre eles o meu tio, Major João Manuel de Lima e Silva. Foram raros os que, naquela ocasião, ficaram contra os liberais, como o Tenente-Coronel João da Silva Tavares. Porém, quando os revolucionários não aceitaram o novo Presidente da Província, indicado pelo Regente, o então Tenente Osório apresentou-se a Silva Tavares e passou a servir novamente ao Império. E se portou com tamanha bravura, que fez jus não só à sua promoção, mas a muitas citações elogiosas de seus superiores imediatos.

– Neste caso, qual é a sua recomendação?

– Na opinião dos oficiais que consultei, considerando a recente mudança da capital dos revolucionários de Piratini para Caçapava, uma vila situada em posição central na Província, que apresenta maior facilidade de ser defendida por sua posição elevada e suas escarpas naturais, essa mudança significa que os rebeldes, neste momento, dominam de fato a maior parte do território rio-grandense.

– Situação momentânea, exatamente! Se me forem oferecidos os meios de que necessito, varrerei esses...

– Já lhe ordenci, General Eliziário, que se mantenha em atitude de respeito aos representantes da Regência do Império, caso contrário...

– Perdão, Excelência. Deseja que me retire?

– Não! Desejo que escute atentamente as palavras que estão sendo ditas, uma vez que terá direito ao contraditório, ao final delas, em encontro reservado comigo. Prossiga, Coronel!

– Sim, senhor Ministro. Segundo o Capitão Osório, os rebeldes que dominam a maior parte deste território do Brasil, e o fazem há três anos e meio sob a égide do que chamam de República Rio-Grandense, se acreditam fortes o suficiente para levar mais longe a revolta republicana. Foi também o que informou verbalmente a Vossa Excelência, durante nossa passagem pela Ilha do Retiro, o General Francisco D'Andrea, Comandante das Armas de Santa Catarina.

– Desculpe, senhor Ministro, Vossa Excelência me permite fazer uma pergunta?

– Permissão concedida, Senhor Comandante das Armas.

– Como o General D'Andrea, lá em Santa Catarina, tem conhecimento de fatos da província sob minha responsabilidade militar?

– Segundo o General, as informações confirmadas pelo Capitão Osório indicam que Bento Gonçalves pode estar planejando o envio de tropas para dar apoio aos republicanos catarinenses.

– Esse Capitão Osório ultrapassou todos os limites hierárquicos, como diz Vossa Excelência, e sua palavra passou a valer mais do que a minha. Impossível, a não ser que esteja mancomunado com os rebeldes, que tenha conhecimento de fatos dessa relevância que eu ignoro.

– Se o Comandante das Armas de Santa Catarina não nos tivesse prevenido dessa gravíssima possibilidade de invasão, a confirmação dada pelo Capitão Osório, no dia de ontem, diante de Vossa Excelência, nem teria sido considerada. Mas, neste momento, em que necessitamos de todos os nossos recursos humanos e materiais, aceitarmos a demissão de alguns dos mais capacitados oficiais sob o seu comando seria, no mínimo, uma insensatez.

– Neste caso, *data venia*, Vossa Excelência já tomou sua decisão a respeito desse Capitão Osório e dos demais insubordinados?

Sebastião do Rego Barros, famoso por sua fleuma nos debates parlamentares, precisa dominar-se antes de responder:

– Tomarei essa decisão, como já lhe disse, em reunião privada com Vossa Excelência, após o Coronel Lima, se lhe for possível, terminar a sua explanação.

– Perdão, mais uma vez, senhor Ministro.

– Prossiga, Coronel!

Impassível, Lima e Silva retoma sua fala do ponto em que fora interrompida.

– Frente à gravidade dos fatos, minha recomendação, Excelência, posta por escrito ao final deste relatório, é que não aceitemos a exoneração do Capitão Osório e dos demais oficiais que representa, uma vez que sofreram humilhações exatamente por dizerem a verdade.

O silêncio embaraçoso é tão completo, que chega até eles o canto dos pássaros na praça fronteira ao Palácio do Governo. E o bater de cascos de cavalos, ao passar de uma carruagem pela Rua da Igreja. Mas logo o Ministro dá a palavra final:

– Muito obrigado, Coronel. Pode deixar comigo o seu relatório. E fique, por obséquio, na sala ao lado, caso eu necessite do seu concurso para mais alguma explicação.

O militar entrega os papéis ao Ministro, inclina levemente a cabeça diante dos dois superiores e retira-se, fechando a enorme porta atrás de si. Imediatamente, um oficial se levanta para saudá-lo. É da sua estatura, tem os mesmos ombros largos, e seu rosto mostra-se sereno.

– Bom dia, Coronel Lima.

– Bom dia, Capitão Osório, e obrigado por ter vindo. Como estamos sozinhos, quero aproveitar para fazer-lhe uma pergunta de camarada de farda. Nada oficial, uma vez que já entreguei meu relatório ao senhor Ministro.

– Às suas ordens, senhor.

– Vamos nos acomodar neste sofá perto da janela. Confesso que não sou um *habitué* palaciano, e este céu de outono de Porto Alegre conquistou-me desde que o vi pela primeira vez.

– Sim, Coronel, compartilho do seu sentimento. Eu nasci numa fazenda, como o senhor, e como me contou, também próxima do mar.

Lima e Silva fica saboreando o sotaque espanholado de Osório, que lhe recorda os companheiros do tempo da Cisplatina, e diz, sorrindo:

– No entanto, sua pronúncia é igual à dos rio-grandenses da fronteira do Uruguai.

– É verdade, embora tenha nascido em Conceição do Arroio, um pequeno burgo povoado por açorianos, fui cedo para Caçapava, com os meus pais.

– Pois é sobre Caçapava que preciso fazer-lhe mais uma pergunta.

– Estou à sua disposição.

– O senhor acredita nessa invasão de Santa Catarina a partir de Caçapava em direção a Lages, a região indicada pelo General D'Andrea como o maior foco republicano?

Osório corre dois dedos sobre o amplo bigode e pensa um pouco antes de responder:

– Pelo menos é o que deixa antever o jornal *O Povo*, publicação oficial dos farroupilhas, cujo material de imprensa foi transferido para Caçapava no mês de fevereiro. O texto que eu li, assinado pelo próprio Presidente Bento Gonçalves, saúda *os bravos republicanos de Lages*. Isso pode parecer ingênuo demais, se a intenção realmente é enviar tropas em seu auxílio, mas anunciar a audácia é bem do feitio de meu antigo comandante.

– Segundo o General D'Andrea, outro local de agitação seria Laguna, mas, sem apoio por mar, lhe parece um absurdo a possibilidade de os farroupilhas tentarem atacá-la.

Neste momento, os sinos da Igreja Matriz começam a tocar, e os dois oficiais mantêm-se calados até voltar o silêncio.

– Diga-me, Capitão Osório, qual a sua opinião sobre as tentativas do Almirante Grenfell, o ano passado, de discutir a paz com Bento Gonçalves. Pelo que me consta, por serem maçons, encontraram-se duas vezes na Vila de Viamão ou nos seus arredores.

– Quer saber mais sobre essa tentativa de paz? Além do que já lhe disse ontem?

– Sim. Abstraindo o boicote à paz feito pelo General Eliziário, que incentivou o Regente Feijó a destituir o Almirante Grenfell do comando naval desta província, o que hoje me parece um grande erro, o que mais concorreu para que essa paz não fosse alcançada?

Desta vez, Osório pensa um pouco mais, antes de responder:

– Contaram-me de uma fanfarronada do Coronel Antônio de Souza Netto, que me parece muito de acordo com seu temperamento...

– Convivi com Netto, ainda jovem, nos tempos da Cisplatina. Sei que foi ele quem proclamou, em 11 de setembro de 1836, uma data fatídica, a República Rio-Grandense.

– Exatamente. Assim, instado por Bento Gonçalves a dar sua opinião sobre a paz proposta pelo Almirante Grenfell, Netto teria dito: *Enquanto eu tiver mil piratinenses e dois mil cavalos, a resposta é esta*, e bateu seguidas vezes nos copos da espada.

– Isso significa que o boicote não foi somente do nosso lado.

– Sim, mas os farroupilhas, no meu entender, têm *outra carta na manga*: estão construindo barcos sob a orientação de Garibaldi.

– Aquele italiano foragido? Pelo que sei até agora, não passa de mais um desses mercenários aventureiros.

– Não é o que pensa o Tenente-Coronel Abreu. Segundo ele, Garibaldi montou um estaleiro na foz do Rio Camaquã com a Lagoa dos Patos para reforçar sua flotilha, que já nos deu muitos aborrecimentos. Se isso for verdade, talvez ele tente apoiar o ataque a Laguna por mar.

– Passando pelo porto do Rio Grande? Impossível. Nossa armada tem controle absoluto sobre o acesso ao oceano.

– Concordo com o senhor, Coronel. Mas acredito que atacar o estaleiro e destruir esses barcos imediatamente seria uma boa estratégia. Esse italiano sabe fazer guerra. Deixá-lo sem ser importunado e com toda a iniciativa parece-me arriscado.

– Concordo plenamente. E darei conhecimento dessa situação ao senhor Ministro.

– Fico-lhe grato mais uma vez, Coronel Lima e Silva.

– Eu que lhe fico grato. Devido a sua coragem em dizer a verdade, acredito que será encontrada a melhor solução para este impasse. Assim, Capitão Osório, quero estar presente, ainda hoje, quando, por iniciativa do Ministro Rego Barros, o senhor rasgar o seu pedido de exoneração do nosso exército.

CAPÍTULO X

FOZ DO RIO CAMAQUÃ COM A LAGOA DOS PATOS,
16 de abril de 1839

Tomando mate com Rossetti, Procópio pensa um pouco antes de fazer a pergunta que o atormenta há muitos dias. Ganha tempo, enquanto enche a cuia e a entrega ao italiano. A seguir, suspira e fala com cuidado:

– Quando o senhor me disse, lá em Caçapava, que ia largar o jornal e vir para junto do seu Garibaldi, eu sabia que tinha peleado com o seu Almeida, mas até hoje não sei por quê.

Rossetti olha para Procópio por alguns instantes, escolhendo as palavras:

– O Ministro Almeida quer um jornal sem alma, indigno das nossas ideias.

– Então... ele não é republicano?

– Ele pensa que é... Talvez seja a pessoa que mais trabalha pela República Rio-Grandense. Mas é um homem rico e não está preparado para dividir seus bens, para lutar pela fraternidade humana, para que *todos* os nossos patrícios sejam realmente iguais perante a lei.

– Me disseram que ele vendeu escravos para comprar a nossa impressora.

– Isso não é verdade, embora ele não tenha libertado todos os de sua charqueada. Mas tentou me convencer de que *O Povo* poderia publicar anúncios de venda de escravos... E não me deixou botar mais nada no jornal que *assustasse* os farroupilhas ricos.

– Que barbaridade... Agora eu entendo que tinham que pelear. E o que o General Bento pensa disso?

– Pensa muito diferente. Mas sua cabeça está na retomada de Porto Alegre e, para isso, passa o tempo todo em Viamão... Espera aí que eu vou te mostrar uma coisa.

Rossetti devolve a cuia a Procópio, levanta-se do cepo e vai ao canto do galpão onde está seu catre. Pega a mala de garupa, pendurada num prego, e remexe num dos bolsões de couro. Volta com um papel na mão. Olha nos olhos do negro e lhe diz:

– Este é um bilhete que escrevi para o Ministro, mas nunca lhe entreguei. Preferi falar diretamente com o Presidente, que entendeu e me deixou vir para cá.

– Ah... Então foi isso.

– Falei com ele, depois de um rompante, ali na sede do Governo, em Caçapava, tu sabes, quase ao lado da Casa dos Ministérios, onde funciona o jornal. Foi quando o General Bento me disse que o Almeida me chamou de *cabeça quente*, mas que eu seria *um dos poucos homens cultos desta República*. Que deveria vir para cá por uns tempos porque Garibaldi me acalmaria.

– Com todo o respeito, nunca vi o senhor mais calmo na minha vida.

– Pois é... Mas lê o bilhete em voz alta. Tens feito muitos progressos depois que viemos para cá.

Assustado, Procópio acomoda a cuia no chão, junto da chaleira, pega o papel com as duas mãos e começa a ler, gaguejando um pouco:

– *Senhor... Mi... nistro. Su... jei... tado a tão feia censura, é difícil que eu... possa continuar na redação do jornal.*

– *Bene, bene, molto bene...* Continua.

– *Porém, é nece... necessário que Vossa Ex... celência tome alguma deter... minação. Eu tiraria tudo o que tenho escrito e...*

Procópio interrompe a leitura e olha para Rosseti:

– O senhor escreveu desaforos para ele?

– Escrevi. Sou mesmo um cabeça quente. Mas, segue lendo.

– *... tiraria tudo o que tenho escrito e, se Vossa Exce... lência me permitir, irei me reunir com Garibaldi. Me dei... deixei transportar, mas reflita que... fui ousa... damente tratado de... heré... herético. Logo eu, apóstolo do espiri... tualismo...*

Neste momento ouvem o ruído de patas de cavalo e levantam-se ao mesmo tempo. É um chasque que surge em disparada do meio do nevoeiro. Vem da estância vizinha de Dona Ana, irmã de Bento Gonçalves. A respiração curta e os olhos arregalados do cavaleiro denunciam a gravidade da mensagem: *Chico Pedro está nas redondezas.*

É assim que todos chamam o Tenente-Coronel Francisco Pedro de Abreu, um dos mais encarniçados caramurus. Conhecido por não fazer prisioneiros, transformara aquela guerra num assunto pessoal, numa vingança pelos combates perdidos. Apelidado também de *Moringue*, pelo formato de sua enorme cabeça, jurara matar Garibaldi e queimar os dois barcos que ali estão, quase prontos, sobre enormes cavaletes fixados na clareira.

Depois de muitos dias de trabalho duro, Garibaldi dera uma folga nos serviços do estaleiro, liberando todos aqueles homens exaustos. Ele próprio, enjoado de carne assada e *arroz de carreteiro*, saíra cedo para pescar com Matru e Carniglia. Outra razão, fora para comemorar o *batizado* dos barcos de guerra, concluídos seus cascos. O que foi feito com muito vinho na noite anterior. Isso depois que Rossetti, com sua letra caprichada, desenhara os nomes nas laterais da proa de cada um: *SEIVAL* e *FARROUPILHA*.

Sozinhos no grande galpão coberto de palha, Rossetti e Procópio liberam o mensageiro, que retorna em disparada. E veem com alívio que alguns homens estão voltando da caçada, trazendo tatus e lebres. Explicam rapidamente a situação, pedindo a dois deles que saiam a buscar os outros. Inquieto, Rossetti diz a Procópio que carregue as armas, algumas carabinas e garruchas penduradas nas paredes, e espere por ele, enquanto sai à procura de Garibaldi.

Quando desaparece no mato, Rafael, outro ex-escravo, entra no galpão e, depois que Procópio lhe explica rapidamente a situação, o ajuda a colocar chumbo e pólvora nas armas. Logo, carregados de peixes, aproximam-se Garibaldi e Matru. Quando abrem a porta, começa o tiroteio.

Rossetti e Carniglia, que ainda estão no mato, ouvem os estrondos dos tiros que ecoam nas margens do Camaquã. Com o caminho cortado, mal têm tempo de atirar-se n'água e mergulhar para o mais longe possível.

Aos gritos e correndo, os homens de Moringue avançam atirando. Num salto felino, Garibaldi pega uma carabina e a descarrega contra a massa de atacantes. Matru faz o mesmo, enquanto Procópio, com sua pontaria certeira, derruba dois soldados, fazendo os demais se atirarem ao chão, ainda coberto de neblina. Rafael passa-lhe outra carabina carregada, o que o faz manter o tiroteio. Os caramurus interrompem a carga e buscam proteção entre as árvores.

É quando, obedecendo às ordens de um oficial que se aproxima a galope, alguns infantes ateiam fogo em tochas e as lançam sobre o galpão. A palha seca pega fogo lentamente por causa da umidade, mas logo as chamas começam a surgir no meio da fumaça. Como são apenas quatro homens ali dentro, três atirando e um recarregando as armas, não há como tentar apagar o fogo que faz estalar o capim santa-fé.

Nesse momento, Procópio vê enquadrar-se na mira de sua carabina o oficial montado a cavalo. Gritando palavrões, de espada em punho, ele evita a fuga dos mais covardes. Procópio respira fundo e mira em sua cabeça, que parece enorme. Porém, no momento em que seu dedo puxa o gatilho, o comandante vira-se de lado e a bala o atinge no ombro direito.

Sim, Procópio acaba de ferir o próprio Chico Pedro, que deixa cair a espada e torce as rédeas, esporeando o cavalo. O animal galopa para dentro do mato, seguido pelos soldados em debandada.

Alguns minutos depois, Rossetti e Carniglia, ainda molhados, entram pelos fundos do galpão e ajudam a atirar baldes d'água na quincha ainda em chamas. Pouco a pouco, o grupo que trabalha no estaleiro, cerca de vinte homens, está reunido novamente. Apagado o fogo, todos abraçam Procópio, que continua próximo da porta, com a carabina nas mãos.

Ao lado do galpão, os barcos *Seival* e *Farroupilha*, atingidos por muitas balas perdidas, acabam de receber seu batismo de fogo.

CAPÍTULO XI

SETEMBRINA,
2 de maio de 1839

Diante do mapa aberto sobre a mesa, Bento Gonçalves escuta as explicações de Giuseppe Garibaldi e Luigi Rossetti. Junto deles, estão o Vice-Presidente Gomes Jardim, o Coronel David Canabarro e o Major Teixeira Nunes, de apelido *Gavião*.

– Desculpem o que vou lhes dizer, mas esse plano me parece uma verdadeira loucura.

Ouvindo Bento pronunciar essas palavras, Garibaldi olha para Rossetti, já com a resposta pronta:

– Em 1439, há exatos quatro séculos, os venezianos levaram por terra trinta barcos de Revoredo até Torbol. Agora é a nossa vez de navegar por cima das areias.

Bento olha para os outros rio-grandenses, que parecem tão impressionados como ele, e pergunta:

– Qual é o peso desses barcos, Comandante Garibaldi?

– O *Farroupilha* pesa dezoito toneladas e o *Seival*, doze.

– Então... então não existem carretas fortes o suficiente para transportá-los por... por quantos dias, mesmo?

– Entre o Rio Capivary e o mar, acredito que o faremos em oito, no máximo dez dias, conforme o tempo.

– Em que ponto do mar será o desembarque? – pergunta Gomes Jardim sempre otimista.

Garibaldi coloca o dedo indicador da mão direita sobre um local no mapa:

– *Esattamente qui*, onde o Rio Tramandaí desagua no Oceano Atlântico.

Bento respira fundo e fita os olhos azuis de Garibaldi:

– Imaginemos que isso seja possível... Neste caso, de que tamanho devem ser essas carretas?

Garibaldi consulta Rossetti, fardado de tenente da Armada, que responde com segurança:

– Conforme o senhor Abreu, o carpinteiro mais competente de Viamão... quero dizer, de *Setembrina*, as rodas das duas carretas, todas maciças, em pau-ferro, devem ter treze pés de altura.

O Major Teixeira Nunes, o mais alto dos presentes, ergue o braço direito e diz, sorrindo:

– Mais ou menos, desta altura?

Garibaldi sacode a cabeça, concordando, e Rossetti prossegue:

– Se for autorizado, o carpinteiro Abreu vai levar uns dez homens, com as tábuas e todo o material, e construir essas carretas perto do lugar que escolhemos para o desembarque, na margem esquerda do Rio Capivary. A mais ou menos dez léguas aqui de... *Setembrina*.

Agora todos sorriem, porque também não se habituaram com a troca do nome de Viamão, acontecida no ano anterior, em homenagem ao dia 20 de Setembro.

David Canabarro, até então calado, olha para Rossetti e pergunta carrancudo:

– E essas carretas estarão prontas em apenas dois meses? Nossa promessa aos catarinenses é atacar Laguna com os Lanceiros Negros, no máximo, até meados de julho. E contando com o apoio naval do Comandante Garibaldi.

– Se a autorização for dada hoje, senhor Coronel, o carpinteiro Abreu nos deu sua palavra de que isso será possível.

Já quase convencido, Bento pergunta:

– Vocês têm certeza de que os dois barcos podem navegar pelo Capivary, desde a Lagoa dos Patos até o lugar de serem colocados nas carretas, sem encalharem nos baixios?

Garibaldi responde de imediato:

– Sim, senhor Presidente. Acabamos de percorrer esse trajeto numa canoa, guiados por Procópio, que conhece o rio como a palma da mão dele.

– Procópio? O soldado que meteu bala no Chico Pedro? – pergunta o *Gavião*.

– Ele mesmo. Nasceu e se criou na Fazenda Boa Vista. Diz que lá têm muitos bois mansos para puxarem as carretas.

– Quantos bois vão ser precisos?

– Segundo Procópio e o carpinteiro Abreu, que conversaram muito ontem de tarde, cinquenta juntas em cada carreta.

– Cem juntas para as duas... ou seja, duzentos bois mansos.

Todos ficam calados por alguns momentos, imaginando aquela imensidão de animais puxando as enormes carretas com os dois barcos dentro.

– *Bueno* – diz Bento Gonçalves –, bois mansos é que não faltam por aqui... O importante é montarmos o plano com cuidado, antes de enviarmos um emissário a Laguna para que eles fiquem preparados.

Canabarro ergue a mão direita e fala:

– Uma vez que fui escolhido para comandar as nossas tropas, sugiro o seguinte: um encontro daqui a dois meses nesse lugar do Capivary onde vai ser o embarque. Estaremos lá o Major Teixeira Nunes e eu com o Regimento dos Lanceiros para ajudar a colocar os barcos nas carretas e acompanhá-los durante um dia de marcha.

– *Molto buona idea, signor Colonnello* – diz Garibaldi.

– Pois então, se tudo correr bem, se a marcha dos barcos por terra for um sucesso, seguimos em frente pelo litoral e marcamos encontro na foz do Rio Camacho, onde o Comandante Garibaldi nos disse que os barcos aportarão, saindo do mar.

– *Va bene* – diz Garibaldi, identificando o lugar no mapa. – Subindo por aqui, poderemos atacar Laguna pela retaguarda.

– Enquanto nós o faremos pela frente, junto com os lagunenses republicanos... O que deixará os imperiais entre dois fogos.

Gomes Jardim, com sua calma habitual, pergunta se todas essas manobras complicadas com barcos não seriam desnecessárias, se eles apoiassem os catarinenses através de Lages, onde já começara a insurreição republicana.

De fato, com data de 21 de março de 1839, há menos de dois meses, Bento enviara de Caçapava uma proclamação aos amotinados habitantes daquela vila no alto da serra, bem próxima da fronteira rio-grandense.

Lageanos! Fazei troar em meio de vossas montanhas o brado glorioso da emancipação absoluta; despedaçai o injurioso grilhão do despotismo! Vossa posição geográfica, vosso caráter, vossos hábitos e usos, tudo concorre a irmanar-nos; liguemo-nos para sempre em anel firme; sejamos um e o mesmo povo!

Também pensando nessa proclamação, Bento explica suas razões a Jardim, recém-chegado de Caçapava:

– Como tu sabes, na impossibilidade de tomar o porto de Rio Grande, porque a Armada Imperial ali é soberana, dependemos de Montevidéu para exportar o nosso charque, importar armamentos e tudo mais que não produzimos. Isso nos custa *uma fortuna* em taxas absurdas, como costuma dizer o Almeida.

– Além disso, o Presidente Oribe seleciona as armas que podemos importar, pois, no fundo, seu plano é o de expandir a República do Uruguai, anexando o nosso território – diz Canabarro com convicção.

– Acreditas mesmo nisso?

– Os *castelhanos* já o tentaram em 1827, e o teriam conseguido se não fosse tua cavalaria ter impedido nossa derrota na Batalha do Passo do Rosário.

– Então, mais uma razão para optarmos por tomar Laguna antes de Lages. Além dos lagunenses terem sido os primeiros povoadores dos Campos de Viamão, eles estão decididos a proclamar de imediato a República Catarinense. Assim, poderemos selar com ela um acordo de utilização do porto para ambas as nações, livrando-nos das condições impostas por Oribe...

– Para mim parece convincente.

– Além disso, como deixei claro naquele artigo publicado em nosso jornal, o objetivo maior é unir-nos a todas as províncias brasileiras que se tornarem republicanas, constituindo a República Federativa do Brasil.

Bento Gonçalves acredita nisso, desde que foi libertado pelos republicanos da Bahia. E suas palavras calam fundo em todos os circunstantes, incluindo Garibaldi e Rossetti, que foram condenados à morte na Europa por lutarem pela unificação da Itália. Sim, por desejar essa união futura, a Bandeira da República Rio-Grandense manteve o verde e o amarelo do Brasil, incluindo no meio a cor vermelha, símbolo republicano. E o plano relatado através da Loja Maçônica Regeneração Catarinense, da Ilha do Retiro, é o de que sua futura bandeira seja também verde e amarela, com uma faixa branca intermediária, significando o desejo de paz.

Neste momento, o Coronel Canabarro olha para Rossetti, depois para Bento, e fala:

– Como Comandante das Tropas que darão apoio aos lagunenses, confio em nossa vitória. E já que eles desejam proclamar de imediato sua República, considero importante que esteja do meu lado o Tenente Luigi Rossetti, como Secretário. Ele saberá, com os conhecimentos que tem, orientar os catarinenses para que tudo seja redigido dentro das normas legais. E, até, com o devido apoio, fundar o primeiro jornal republicano por aquelas bandas.

Ao ouvir essas palavras, Rossetti fica perturbado. Não deseja separar-se de Garibaldi e de seus outros patrícios, onde reencontrou a paz, como lhe disse Procópio. Dele também sentirá falta, como sua sombra em busca de saber sempre mais. No entanto, veste a farda de Tenente da Armada da República Rio-Grandense e saberá honrá-la.

– Se meu Comandante me dispensar, ficarei imediatamente a sua disposição, senhor Coronel.

E olha para Garibaldi, também infeliz com aquela situação, que apenas inclina a cabeça e diz:

– Dispensa concedida, embora com muita dor, *fratello mio*.

CAPÍTULO XII

MARGEM ESQUERDA DO RIO CAPIVARY,
dias 4 e 5 de julho de 1839

O carpinteiro Abreu ergue o braço direito, como fizera o *Gavião* dois meses atrás, e acaricia o alto da roda esquerda da enorme carreta.

– Podemos chamá-la de roda de *bombordo* – lhe diz Garibaldi –, já que vai servir para a navegação. A do lado de lá, chamaremos de *boreste*.

Na verdade, ele está estupefato, como todos os tripulantes do *Farroupilha* e do *Seival*, que, formando um círculo, olham para as duas carretas colocadas lado a lado. Não disse a ninguém, mas hoje é o dia de seu aniversário. E nunca recebeu um presente melhor em seus trinta e dois anos de vida.

Tinham chegado poucos minutos antes, depois de três dias de viagem desde a foz do Rio Camaquã. Navegar pela Lagoa dos Patos, nestes dias ventosos de inverno, servira para Eduardo Matru e John Grigs, nomeados por Garibaldi como os capitães de cada um dos barcos, testarem a qualidade das velas, a eficiência dos lemes, a capacidade de manterem-se estáveis com aquela carga pesada de homens e armas. Pois até canhões estavam transportando.

O mais surpreso com a qualidade dos ditos *lanchões* foi John Grigs, o último dos marinheiros voluntários recrutado no porto de Montevidéu. Mais conhecido como *João Grande*, pela estatura e corpulência, era irlandês de nascimento, mas vivera muitos anos nos Estados Unidos, desenvolvendo a arte de navegar, principalmente no Rio Mississippi. Tendo-se unido aos Quaker, seita cujos membros eram proibidos de usar armas brancas ou de fogo, *jamais derramando sangue de seus irmãos*, Grigs usava para proteger-se apenas um bastão. Nas emergências, embora a contragosto, brandia-o com sua força hercúlea, derrubando o adversário. A cada um que caía, costumava encomendar a alma com um versículo dos salmos: *Senhor, recebe mais este em tua misericórdia.*

Garibaldi, outros dezesseis italianos e mais quatorze rio-grandenses, incluindo Procópio e Rafael, constituíam a tripulação do *Farroupilha*. Grigs assumira o comando do *Seival* com um grupo bem menor, de vinte homens, em sua maioria pescadores da Lagoa dos Patos, com exceção de um espanhol que o acompanhava há muitos anos.

Ao aproximarem-se dos Campos de Viamão, próximos ao Morro da Fortaleza, os barcos republicanos foram perseguidos pelos navios da Armada Imperial. Como já esperavam por isso, rumaram para águas mais rasas e entraram na Lagoa do Casamento. Os navios imperiais, de maior calado, não se atreveram a persegui-los. Lançaram âncoras longe dos juncais da costa e ficaram esperando o retorno dos inimigos, ignorando que o *Farroupilha* e o *Seival* já estavam subindo as águas do Rio Capivary.

Nesse trajeto, Procópio serviu de *vaqueano*, seguindo à frente num bote com dois remadores. Manteve-se todo o tempo na proa, sondando as águas com uma taquara e indicando o melhor trajeto. Tendo pescado neste rio desde criança, ninguém melhor que ele para evitar o encalhe dos barcos em algum baixio.

Agora, cumprida sua missão, Procópio está ao lado de Garibaldi, *João Grande* e os demais tripulantes, admirando as duas carretas e trocando ideias com o carpinteiro sobre a tarefa mais difícil, colocar os barcos dentro delas e trazê-los para fora do rio.

É quando se ouve o toque de uma corneta, e Procópio diz em voz bem alta:

– Juro que é o nosso amigo Nico.

De fato, é Nico Ribeiro que faz soar o clarim, agora não para reconhecer a derrota, como na Ilha do Fanfa, mas com a vibração clara de quem dá o toque de avançar. Ele acompanha Bento Gonçalves, David Canabarro, Teixeira Nunes e Luigi Rossetti à frente de um regimento de cavalaria impressionante pelo garbo e altivez. São os famosos Lanceiros Negros, tropa formada pelo primeiro general farroupilha, João Manuel de Lima e Silva, com escravos libertos das charqueadas de Pelotas. Infelizmente, o bravo Lima e Silva tinha sido assassinado numa tocaia armada pelos imperiais dentro da igreja de São Luiz Gonzaga, nas Missões Guaranis. Isso acontecera no dia 29 de agosto de 1837, sendo, quase dois anos depois, seus despojos transladados para o cemitério de Caçapava, a nova capital.

Bento apeia do tordilho junto das carretas e, num gesto insólito, bate continência para o carpinteiro Abreu e aperta-lhe a mão. O artesão, emocionado, gagueja algumas palavras, enquanto os cavaleiros erguem suas lanças e gritos de *Hurra* soam pelas margens do rio.

Assim, começa a ser posta em prática a tarefa tantas vezes imaginada. Como está vazia, são ajoujadas apenas três juntas de bois para puxar a primeira carreta: animais de grandes chifres, escolhidos entre os mais mansos e fortes. Seguida por todos os marinheiros e alguns lanceiros, ela começa a deslocar-se pela picada bem larga aberta há poucos dias. A descida é suave e a distância, curta. Logo os bois entram n'água e são orientados por um peão experiente a fazerem um giro, voltando para o caminho que, mais tarde, deverão subir. Agora, são desatrelados e levados para pastar. Dentro da água gelada, marinheiros e soldados empurram a carreta até sua parte traseira encostar na proa do *Farroupilha*.

Uma hora de difíceis manobras se passa, até que, atingida a profundidade suficiente, a carreta seja colocada por baixo do *lanchão*. Pelegos são acomodados entre o casco e as laterais, para impedir um maior atrito. E amarram os cabos, evitando o mínimo balanço.

O sol está a pino no céu sem nuvens, quando as três primeiras juntas de bois são trazidas de volta, agora seguidas de muitas outras. Marinheiros e soldados negros, tremendo de frio, saem para o sol, enquanto os carreteiros assumem a tarefa de unir umas às outras, com cordas de couro torcidas ou trançadas, as cinquenta duplas de animais.

Para dar solenidade ao momento, Nico Ribeiro é orientado a tocar mais uma vez seu clarim. Cessado esse som, começam agora os gritos dos carreteiros e o estalar dos chicotes por cima das cabeças dos bois, sem atingi-los. A enorme carreta, com o navio de guerra sobre seu lombo, começa a emergir da água barrenta. E, novamente, sem ser ensaiado, um enorme grito de vitória nasce do peito dos republicanos.

Nesta noite, com os dois barcos fora d'água, dentro das carretas, o som de gaitas e violas repinica por algumas horas, até ser dado o toque de recolher. Mas a alvorada encontra a todos com enorme disposição. Bebido o mate amargo, devorado o churrasco e tomado o café com leite, graças às vacas com cria que acompanham os bois, para acalmá-los, os lanceiros e marujos montam em seus cavalos. Os carreteiros voltam a estalar seus chicotes e começa a incrível marcha pelos areais.

CAPÍTULO XIII

OCEANO ATLÂNTICO E LAGUNA,
dias 16 a 22 de julho de 1839

Nem bem vencem as ondas da rebentação e Eduardo Matru, pilotando o *Farroupilha*, perde de vista o *Seival*. Entrar nas águas do oceano pela foz do Rio Tramandaí está sendo outra façanha. Certamente uma ninharia perante os dez longos dias de marcha sobre as carretas, sem que nenhum acidente tenha acontecido. Mas barcos deste calado nunca tinham vencido tamanho desafio.

É certo que chegam a encalhar nas areias, mas logo conseguem livrar-se e tomam o rumo norte. Coriscos ofuscam os olhos, a chuva começa a cair em catarata e ondas gigantescas varrem o convés. O vento uiva e o mar responde num rugido medonho.

– Verifiquem as amarras dos canhões! – grita Garibaldi, enquanto um vagalhão ergue o barco, que do alto se despenca.

Carniglia, Giovane, Procópio e Rafael tentam cumprir a tarefa, mas são jogados contra as muradas, onde se agarram, não conseguindo mais se erguer. O *Farroupilha* é levantado outra vez por uma onda imensa e estoura num baque que ameaça espatifá-lo. Os marujos estão tomados pelo medo. Em cada rosto pálido se lê a antevisão da morte.

Matru mantém-se firme no leme, não liberando as mãos, nem quando o vento arranca seu barrete e os cabelos molhados lhe atrapalham a vista. Um dos dois canhões é arrancado do seu lugar, espatifa a mureta e desaparece do convés. Ouvem-se os gritos dos tripulantes que são arrastados por aquela abertura e desaparecem no mar.

Garibaldi sobe ao mastro do traquete para ver se os enxerga e orientar o timoneiro. Neste momento, uma onda descomunal cai sobre ele e o derruba nas águas. Logo vem à tona, mantendo-se a custo com a cabeça de fora. Outra onda estoura e o barco não ressurge mais. Desesperado, o italiano só se preocupa em respirar, deixando que as ondas o levem para onde forem.

Pouco a pouco, o vento começa a amainar e Garibaldi vê alguns de seus homens nadando para a costa, agora visível, mas a grande distância. Boiando a maior parte do tempo, consegue avançar em direção ao poente. Até que seus pés se apoiam na areia.

Depois de recuperar-se por alguns minutos deitado na praia, sai a caminhar, identificando os sobreviventes. Envergonha-se pela decepção em não reconhecer nesses rostos, ainda apavorados, seus antigos companheiros. Quase nus sobre as dunas, alguns marinheiros não reagem às palavras de incentivo. Enregelados, vítimas do torpor que antecede a morte, recusam qualquer ação que lhes aumente o sofrimento. Garibaldi chama os mais vigorosos em seu auxílio, e todos começam a caminhar.

– Temos que encontrar abrigo. Faz mais de uma hora que estamos aqui. Não adianta esperar por outros sobreviventes.

E começa a marcha arrastada de zumbis pelas margens de um pequeno arroio que lhes mata a sede. Urussanga é seu nome, como ficam sabendo quando chegam a uma cabana perdida na imensidão. É Garibaldi quem faz a pergunta, tentando saber que lugar é aquele da costa. *Sim, estão em Santa Catarina*, diz o pescador, que os deixa fazer uma fogueira, mas esconde a família desses homens seminus.

Dezesseis dos trinta tripulantes do *Farroupilha* morreram afogados. Entre eles, Procópio, Rafael e cinco italianos que acompanhavam Garibaldi desde que chegou ao Rio de Janeiro: Matru, Carniglia,

Staderini, Nadone e Giovane. Do *Seival*, perdido de vista desde que saíram de Tramandaí, não sabem nada.

Na madrugada do dia seguinte, ainda em completo jejum, seguem caminhando na direção norte. Poucas milhas adiante, chegam à sede de uma estância. Ali são recebidos com generosa hospitalidade. Roupas campeiras, café quente, arroz com charque e alguns tragos de cachaça *marisqueira* são distribuídos à vontade. O proprietário, Capitão Balbuíno, é um dos catarinenses rebelados. Informa-lhes que as tropas rio-grandenses passaram há poucas horas por ali. Oferece cavalos e um vaqueano *se quiserem unir-se a elas*.

É assim que, ainda neste dia, Garibaldi e Rossetti se encontram mais uma vez, se abraçam como irmãos e lamentam juntos a perda de tantos amigos. Do grupo de exilados que embarcara no *Mazzini*, há menos de três anos, são os únicos sobreviventes.

– E o Procópio?

Garibaldi balança a cabeça em negativa. E Rossetti murmura:

– Uma alma pura. Não merecia este castigo.

Depois que Garibaldi narra os trágicos acontecimentos para o Coronel David Canabarro e o Major Teixeira Nunes, seu grupo se incorpora à marcha dos Lanceiros Negros. Assim, ao anoitecer, chegam à foz do Rio Camacho, onde vão passar a noite. Dado o toque de dispersar, os soldados, antes de montar acampamento, deixam os cavalos saciarem a sede. Com suas longas lanças cravadas no chão, se ajoelham e bebem água ao lado deles.

De repente, gritos irrompem do grupo mais próximo do mar. Garibaldi e Rossetti olham naquela direção e logo montam outra vez em seus cavalos. Esporeiam-nos na pressa de avançar. E contemplam uma das cenas mais belas de suas vidas. Ancorado onde as águas salgadas e doces se misturam, o barco *Seival* parece ali pintado pelas cores do pôr do sol.

Na margem, junto do escaler, com sua enorme estatura e apoiado no inseparável bastão, John Grigs lembra a Rossetti uma estátua de Hércules, das muitas que viu nos museus da Itália. Mas é Garibaldi quem fala emocionado:

– *Gracie, fratello mio*, por ter salvado toda a nossa gente e o barco a seu comando.

Agora, as estrelas conspiram a favor dos republicanos. Entrar subindo o Rio Camacho seria impossível pela baixa profundidade. Porém, com a enchente daqueles dias e o auxílio de um prático local, o *Seival* vence a barra, passa pela lagoa de Santa Maria e atinge o Rio Tubarão. Garibaldi acompanha *João Grande* e seus marujos, agora mais bem armados, reassumindo o comando militar. Enquanto isso, Rossetti prossegue por terra com os Lanceiros Negros.

Cinco naus fazem a proteção de Laguna. Mas há um clima de terror entre os marinheiros pela fama dos farroupilhas de degoladores. Bento jamais estimulou essa prática, mas sua fama antecedeu as tropas republicanas.

Num canal estreito, junto dos Campos da Carniça, onde só pode entrar um barco de cada vez, o *Seival* é atacado pela nau capitânia *Imperial Catarinense*. A reação de Garibaldi e seus comandados é de tal ímpeto que logo quebra a resistência adversária. Muito imperiais caem mortos e outros se jogam n'água em fuga desesperada. Mas os rio-grandenses não conseguem tomar o navio, que é incendiado por ordem de seu próprio comandante, antes de render-se com alguns marinheiros.

Postos a ferros esses inimigos no porão, o *Seival* prossegue navegando até o canal da barra. A pouco distância do mar, surpreende os outros barcos da flotilha imperial, atacando-os pela retaguarda. Há pouca resistência. São apresadas as naus *Libertadora, Lagunense, Itaparica* e *Santana*. Agora, com forte tiroteio por terra das tropas de Canabarro e temendo que o navio inimigo seja o primeiro de uma armada que os ataca, a guarnição imperial de Laguna bate em retirada.

Pouco antes do pôr do sol do dia 22 de julho de 1839, David Canabarro, Teixeira Nunes e Luigi Rossetti, à frente do Regimento dos Lanceiros Negros, entram triunfantes em Laguna. De suas casas baixas e coloridas, ao estilo açoriano, a população aplaude os seus libertadores.

Próximo da praia, o *Seival* balança tranquilo nas águas da rebentação.

CAPÍTULO XIV

LAGUNA,
inverno e primavera de 1839

Ao amanhecer do dia 25 de julho, Rossetti acorda-se inquieto. Há três dias estão em Laguna, recebendo muitas homenagens, inclusive um *Te Deum* na Igreja Santo Antônio dos Anjos, mas não foi escrito nenhum documento que legitime a nova República. Depois de tomar seu mate, evitando pensar em Procópio e nos demais amigos perdidos no naufrágio do *Farroupilha*, procura Canabarro e expõe-lhe sua preocupação. O Coronel, de imediato, o incumbe de escrever um ofício em seu nome a ser enviado às autoridades locais:

Ao cidadão Presidente e Vereadores da Câmara Municipal da Vila de Laguna:

Incessantes deprecações do povo catarinense em favor da sua independência e liberdade foram dirigidas ao Governo Republicano Rio-Grandense; elas foram acolhidas e jamais deixariam de o ser entre uma nação livre, e em resultado veio em vosso auxílio a divisão libertadora sob meu comando. Seus primeiros passos anunciaram a fuga das baionetas do Império que vos impediam de ser livres nesta parte do solo americano.

Vitória que, no dia 22 do corrente, à face desta vila obtiveram nossas armas e as mais que saíram sucedendo a espontânea vontade com que voam os livres americanos, de todos os cantões do nascente.

Um Estado Catarinense unido às fileiras libertadoras garantirá a vossa estabilidade. Quais os embaraços que falta superar? Nem um só resta para declarar já e já solenemente a nação ao catarinense livre e independente, formando um Estado Republicano Constitucional. Esse dia de grandeza pertence hoje a esta representação municipal que deverá ser a da capital interinamente, visto que o município da cidade de Desterro, único onde as baionetas imperiais se conservam, ainda que por curto espaço de tempo, está privado de partilhar a glória de elevar com os demais concidadãos a Pátria Catarinense ao nível das Nações do Globo.

Viva a República Catarinense!
Viva a República Rio-Grandense!

Em seu quartel da Vila de Laguna,
25 de julho de 1839

Coronel David Canabarro
Comandante da Divisão Libertadora

– Só falta assinar, meu Coronel.

Canabarro olha para o relógio de parede. Tinha-se passado apenas uma hora. Lê o texto, impressionado e feliz por ter trazido este italiano, dito *cabeça quente,* como seu secretário. Assina com cuidado para não manchar o documento e o devolve a Rossetti.

– Peço-lhe entregá-lo de imediato, em mãos, ao Presidente da Câmara de Vereadores.

– Com toda a honra, meu Coronel.

O comandante pensa um pouco e acrescenta:

– Sabe do boato que está correndo em Laguna?

– Boato? Seria impossível para mim. Desde que chegamos, tenho ficado aqui neste quartel, elaborando os termos da Declaração da Independência Catarinense. Até com Garibaldi faz dois dias que não falo.

– Pois o boato se refere exatamente a ele. E, infelizmente, parece ser verdadeiro.

– A Garibaldi? O que fez de errado? Poupou todos os prisioneiros.

– Ele raptou uma mulher casada e levou-a para bordo do *Rio Pardo*, a nau capitânia da nossa flotilha, antiga escuna *Libertadora*, conquistada ao inimigo.

– Impossível...

– Também tive essa reação inicial. Mas parece ser verdade, conforme uma pequena investigação que mandei realizar.

– *Dio mio...* Quer que eu vá verificar pessoalmente?

– Não será necessário. Convoquei o Comandante Garibaldi para uma reunião ainda esta manhã para tratarmos do ataque que faremos, por terra e por mar, à Vila do Desterro. É evidente que não tratarei com ele de assuntos, digamos, particulares... Mas peço-lhe que o faça em meu nome. Quem veio falar comigo foi o próprio vigário da paróquia de Santo Antônio dos Anjos.

Uma hora depois, Garibaldi entra no pequeno gabinete onde Rossetti trabalha e o abraça calorosamente. Fardado de oficial de Marinha, mas sempre com o barrete frígio vermelho cobrindo os cabelos louros, parece muito tranquilo. E continua assim depois que Rossetti lhe fala sobre os boatos que chegaram ao Coronel Canabarro.

– É verdade, Luigi, que Anita está vivendo comigo no meu barco, mas não a raptei nem ela é uma mulher casada. Seu ex-marido foi um dos primeiros a fugir de Laguna quando nossas tropas se aproximaram.

– *Anita*? Um nome italiano?

– Ela se chama Ana Maria de Jesus Ribeiro. Mas, desde que falamos pela primeira vez a chamei assim, com o diminutivo italiano.

– Então, o marido ou ex-marido dela chama-se Ribeiro?

– Não, Luigi. O nome dele é Manoel Duarte. Anita perdeu o pai ainda menina, e sua mãe, com outros filhos para criar, concordou que ela se casasse aos quatorze anos com um homem muito mais velho.

– Que idade ela tem?

– Vai completar dezoito no dia 30 de agosto.

– *Dio mio*, Giuseppe, ela só tem dezessete anos...

– Mas não teve filhos nesse casamento forçado. Será fácil, no Rio Grande do Sul, com ajuda do nosso Vigário Apostólico, anular o ato do matrimônio, onde ela jura que não disse sim.

– Então, *de súbito*, tu pretendes...

Garibaldi abre um amplo sorriso:

– *É vero, fratello mio*, estou decidido a me casar com Anita, *il pio pronto possibili*. Talvez naquela linda igreja de Viamão.

Rossetti olha para Garibaldi, impressionado com essas palavras. Mas ainda tenta uma última cartada:

– E a moça lá da estância de Dona Ana, no Cristal?

– A Manuela? É noiva do Tenente Marco Antônio, filho do General Bento Gonçalves. Só a vi umas poucas vezes na estância da tia dele, onde está refugiada. Se gostou de mim, escondeu muito bem. E eu, naquele fim de mundo do Rio Camaquã, até que fui atraído por ela, nas poucas vezes em que nos vimos. Mas te juro que nada aconteceu.

Rossetti tira o velho relógio do bolso superior da farda, olha os ponteiros e suspira:

– Ainda temos dez minutos antes da reunião com o Coronel Canabarro. Ele me disse que não tratará deste assunto contigo, mas acho melhor seres mais discreto, ao menos por enquanto. Ficar com ela dentro da nau capitânia me parece...

Garibaldi sacode a cabeça, sempre sorrindo:

– Não te esqueças que eu sou um marinheiro. O *Rio Pardo* é a minha casa.

– Então, vais levar a...

– Anita...

– ... vais levar a Anita contigo nos combates?

– Junto comigo será mais seguro para ela do que deixá-la numa vila cheia de preconceitos, o que prova essa queixa feita ao Coronel Canabarro. Além disso, é uma mulher valente, sei que não vai se acovardar.

Rossetti levanta-se da cadeira. Entre eles, o pequeno *bureau* está atulhado de livros e papelada. Garibaldi também se ergue e fala:

– Conseguiste redigir a Declaração da Independência? Sem legitimar esta República, não poderemos atacar o Desterro.

– Levei dois dias para escrever estas folhas, Giuseppe, mas acho que o essencial está aqui.

– Tenho certeza que sim. Esse Canabarro é muito esperto... Acho que ele mal sabe escrever o próprio nome.

– Fala baixo... Aqui as paredes têm ouvidos. E vamos logo para a reunião com ele.

A melhor estratégia para atacar a capital de Santa Catarina é acertada em pouco mais de duas horas. Porém, somente quatro dias depois, no lindo sobrado branco com aberturas verdes, realiza-se a sessão solene de instalação da República Catarinense.

A grande sala e as duas sacadas do andar superior estão tomadas por autoridades vestindo suas melhores roupas. Militares, padres e cidadãos com fraques e cartolas, algumas poucas mulheres muito bem-vestidas sobem, solenes, a escadaria à esquerda do prédio. No alto está o *Sino do Povo* liberando por toda a pequena Laguna o seu chamado de bronze. Ao lado dele, a porta da sala de reuniões da Câmara Municipal está aberta para a entrada dos convidados.

Luigi Rossetti, impecável em seu fardamento de Tenente de Marinha, já está no recinto, ao lado de Garibaldi, logo atrás do Coronel David Canabarro e do Major Teixeira Nunes, também em primeiro uniforme. O sol ilumina cada detalhe deste lugar destinado a entrar para a História. Em especial a grande mesa de jacarandá e as cadeiras de espaldar alto, onde estão sentados os senhores vereadores. Fixado ao forro, um lustre de cristal pende majestoso, com suas muitas velas apagadas.

Depois de algum burburinho, exatamente às dez horas da manhã, é aberta a sessão da qual foi produzido o seguinte documento:

DECLARAÇÃO DA INDEPENDÊNCIA DO ESTADO CATARINENSE

Acharam-se presentes na Sessão Extraordinária seis Vereadores, faltando por justa causa Antônio Joaquim Teixeira.

Aberta a sessão e lida a ata da antecedente, foi seu conteúdo aprovado, dando-se prosseguimento à sessão.

Ano do Nascimento de Nosso Senhor Jesus Cristo de mil oitocentos e trinta e nove, dos vinte e nove dias do mês de julho do dito ano, nesta Vila de Santo Antônio dos Anjos da Laguna, em as Casas da Câmara e achando-se reunidos os Vereadores presentes abaixo assinados, presididos pelo Vereador e Tenente Vicente Francisco Oliveira, em observância de um ofício do Ilustríssimo Senhor David Canabarro, Coronel Comandante em Chefe da Divisão Auxiliadora e Libertadora Rio-Grandense, datado do dia 25 do dito mês de julho, declarou-se a Independência do Estado Catarinense, Livre e Soberano, adotando-se o Sistema Republicano Rio-Grandense, em todo o círculo que as Fileiras da Divisão Auxiliadora e Libertadora têm avançado neste Município e em os demais da Província, ficando assim formado um Estado Republicano Livre, Constitucional e Independente; foram unânimes em que se expedisse Proclamas a todos os Juízes de Paz das Freguesias deste Município, declarando-se da vontade dos Senhores Vereadores o que esta Câmara acaba de celebrar e que, com o maior entusiasmo, se lhe dê a devida publicidade, bem como que se envie circular a todos os eleitores da Paróquia para que no dia 4 do mês de agosto próximo futuro se apresentem perante o Juiz de Paz da Cabeça de Termo munidos de seus respectivos diplomas para este lhes marcar o dia, hora e local da reunião para eleição provisória do Presidente do Estado, e àqueles que não forem presentes se forneçam os imediatos diplomas autênticos, servindo de regra para esta eleição as instruções de 23 de Março de 1824 e as mais em vigor tendentes a esse objeto; outrossim, que se expeçam as precisas ordens aos Comandantes das Guardas Nacionais, que circulem em todo o Município e nos pontos libertados da cidade de Desterro, para que procedam as precisas reuniões. Trataram mais de que se expedissem ordens aos respectivos Juízes de Paz do Termo para que o mesmo Sr. Comandante em Chefe colocasse em o citado ofício respeito aos bens e fazendas das pessoas que desampararam esta Vila e mais Distritos, procedam a uma arrecadação judicial e com toda a individuação a que pertence, nomeando depositários seguros que deles tomem conta, até decisão do Governo Provisório que se vai criar. Tendo-se então dado posse ao Vereador da Câmara Domingos Custódio de Souza e ao Juiz de Paz Antônio José Machado e indicado aos mesmos que para o dia 4 de Agosto foram avisados os eleitores a apresentarem seus diplomas para a eleição do Presidente interino. Nesta data se remeteram as proclamações acima ditas do Coronel da Divisão Auxiliadora aos Juízes de Paz dos Distritos para dar publicidade assim mais outra desta mesma Câmara.

O Sr. Presidente houve a presente sessão por fechada e assinaram. Eu, José Pinto dos Reys, secretário que a escrevi, Vicente Francisco Oliveira – Floriano de Andrade – José Pereira Carpes – Antônio José de Freitas – Emmanuel da Silva Leal – Domingos Custódio de Souza.

As autoridades dirigem-se às sacadas para sentirem a reação do povo. A *República Juliana*, como logo a chamam os lagunenses, é aclamada com entusiasmo.

Pouco a pouco, todos vão abandonando o recinto, ficando apenas Rossetti no seu lugar no extremo da mesa. Sozinho, sorri mais à vontade. Tão simples, tão ingênuo tudo isto, pensa ele. Uns poucos vereadores de uma cidadezinha perdida nos confins da América do Sul ousam criar uma República e convocar eleições para seu primeiro Presidente. Com apoio de apenas algumas centenas de combatentes da República Rio-Grandense, ainda instável e não reconhecida pelas nações do mundo, saem a dar vivas pelas ruas cheias de areia, acreditando neste sonho maluco. E Rossetti olha para a bandeira que acaba de ser hasteada diante da Câmara: verde e amarela, com as cores separadas por uma faixa branca representando a paz.

Alguns minutos depois, já dispersado o Regimento dos Lanceiros Negros, que participara da cerimônia diante do prédio branco com aberturas verdes, Rossetti passa pelo *Sino do Povo* e desce as escadarias. Ao pé delas, está Giuseppe Garibaldi ao lado de uma moça morena vestida de azul.

– Deixa que eu te apresente Anita, *mio caro Luigi...* Já disse a ela que tu és meu irmão.

Rossetti inclina-se diante da beldade e sente-se conquistado. Principalmente pelos olhos castanhos que olham diretamente nos seus. Sim, uma mulher de coragem. Prova disso é sua presença aqui, ao lado de Garibaldi, mesmo submetida à censura de muitos que a acreditavam escrava de Manoel Duarte para toda a vida.

Festas e missas em ação de graças se sucedem, mas, do ponto de vista militar, estão perdendo dias preciosos. Convocados os eleitores, David Canabarro é obrigado a ficar à frente do Governo da nova República, sendo Luigi Rossetti nomeado Secretário-Geral, encarregado de implementá-la em sua organização funcional. E, mesmo após a eleição do Tenente-Coronel Joaquim Xavier Neves como Presidente provisório, a 7 de agosto de 1839, ainda precisam esperar. Bloqueado com seu Regimento ao norte de Laguna pelas tropas imperiais, ele não toma posse, sendo substituído pelo Vice-Presidente, Padre Vicente dos Santos Cordeiro.

Logo começam divergências irreconciliáveis entre o teimoso Canabarro e o inexperiente Padre Cordeiro. Aconselhado por assessores que dizem ter seus comércios prejudicados pelo fechamento do porto, ele exige que a República Rio-Grandense envie mais soldados e ajuda financeira. Em nome de Canabarro, Rossetti faz essa solicitação por escrito a Bento Gonçalves, já sabendo da sua reação no plano militar, pois precisa das tropas que tem em Setembrina para manter o cerco de Porto Alegre. Quanto à parte financeira, manda outra carta para Caçapava, ao Ministro Almeida e até *ouve* suas palavras depois de lê-la: *Impossível! Tudo isso já está nos custando uma fortuna.*

A República Catarinense dura pouco mais de três meses. Rechaçados por tropas enviadas do Rio de Janeiro para dar apoio ao Presidente da Província, General D'Andrea, os Lanceiros Negros, sob o comando do *Gavião*, conquistam apenas algumas vitórias isoladas, sendo obrigados a voltar para proteger Laguna. O mesmo com a flotilha de Garibaldi, que, depois de duas incursões pela costa, está novamente ancorada diante das casas coloridas de arquitetura açoriana.

No dia 15 de novembro, a Armada Imperial ataca Laguna. Como Garibaldi está em terra conferenciando com Canabarro, Anita, a bordo do *Rio Pardo*, é a primeira a disparar um tiro de canhão. O Comandante volta a tempo para reagir ao ataque, mas o combate é muito desigual. O inimigo cobre o horizonte com quatorze navios de guerra que disparam seus canhões sobre os barcos ancorados. Quando chegam mais próximo, também atiram de fuzil algumas centenas de marinheiros.

John Grigs, expondo-se demais, é um dos primeiros a morrer crivado de balas. Outros seguem defendendo os cinco navios contra a abordagem, mas os poucos canhões republicanos não disparam mais. Garibaldi ordena que ateiem fogo aos barcos, antes de abandoná-los. E, junto com Anita, acompanha os poucos sobreviventes, que, debaixo da fuzilaria, fogem nos escaleres em direção à praia.

Graças ao Regimento dos Lanceiros Negros, que dizima os marinheiros imperiais que tentam desembarcar, ganha-se tempo para começar a retirada de Laguna. O que é feito em poucas horas, dada a aproximação das tropas do General D'Andrea.

Agonizante, a República Catarinense não tardará a morrer.

CAPÍTULO XV

SETEMBRINA,
4 de julho de 1840

Caetana olha para a linda jovem, que se levanta do sofá, e lhe segura as duas mãos com carinho:

– Anita... desde que Bento me leu uma carta de Luigi Rossetti, ainda enviada de Laguna, eu tinha *muchas ganas*, muita vontade de *conocerla*.

– O prazer é todo meu, senhora Gonçalves.

– Por favor, não me chame assim, *no soy tan vieja*.

– Velha? A senhora?

– Já estou com quarenta e dois anos... E tive oito filhos.

– Regula com minha mãe. Mas parece dez anos mais moça.

– *Y usted*, com que idade está?

– Vou completar dezenove no dia 30 de agosto.

– E seu marido, *cuantos años* completa hoje?

Encantada com a palavra marido, que nunca escuta em relação a Garibaldi, Anita sorri:

– Trinta e três anos.

– *La edad* de Cristo... Vamos dizer isso ao Vigário Apostólico.

Anita arregala os lindos olhos castanhos, e Caetana inclina a cabeça.

– Sim, o Padre Francisco das Chagas virá aqui em casa no final da manhã. Prometeu que vai confessá-la e lhe dar a comunhão. Me disse, também, que irá batizar sua filha ou filho, quando nascer.

Com lágrimas brilhando nos olhos, Anita balbucia:

– E... quanto ao casamento?

Caetana olha com carinho para Anita, achando-a mais parecida consigo do que no primeiro momento. A mesma cor da pele, os mesmos cabelos negros, repartidos ao meio e presos em coque com um pente espanhol. E, principalmente, os olhos. Agora que estão chorando.

– Como me explicou, desde que foi instalada a República Rio-Grandense, a situação da nossa Igreja Católica é irregular. No âmbito interno, tudo funciona normalmente porque o Padre Chagas, autointitulado Vigário Apostólico, conseguiu o apoio do *señor Obispo de Montevideo*.

– E... esse senhor Bispo uruguaio pode anular o meu casamento?

– Não. Só quem pode fazer isso é o próprio Papa.

– Meu Deus... Apesar de eu ter sido, ainda menina, obrigada a me casar? Mesmo tendo sacudido a cabeça em negativa, quando o padre me perguntou se eu concordava?

Agora é Caetana que chora, lembrando o momento maravilhoso em que disse *sim* para Bento, diante do altar. Porém, como Anita, é uma mulher valente. Pega o lenço rendado, seca os olhos e fala:

– Com *cuantos meses* de gestação tu estás?

A catarinense reconhece a intimidade do *tu* e responde, colocando a mão direita sobre o ventre volumoso:

– Quase sete meses, eu acredito. Não sei a razão, mas tenho certeza que ele foi concebido em Lages, na trégua de Natal. Ficamos uma semana, Giuseppe e eu, vivendo só os dois numa casinha que nos emprestaram.

E lhe vem à mente aqueles dias de paz, um mês depois da retirada de Laguna. De início, todos cavalgaram juntos até próximo do

Mampituba. Ali os oficiais se reuniram, tomando a decisão de dividir as tropas. Uma parte dos Lanceiros seguiu com Canabarro de volta ao Rio Grande do Sul. A outra, comandada pelo *Gavião*, subiu as montanhas para dar apoio aos republicanos de Lages, como Bento Gonçalves prometera. Com este grupo seguiram Rossetti, Garibaldi e Anita. Ficaram lá por três meses, participando de muitos combates, até que num deles a jovem caiu prisioneira.

E Anita conta para Caetana como foram esses dias, os mais terríveis da sua vida. Na noite de 12 de janeiro de 1840, as vanguardas republicana e imperial trocaram tiros junto ao Rio Marombas. Ao amanhecer, Teixeira Nunes ordenou o ataque, mas os Lanceiros Negros caíram numa emboscada. Garibaldi e Anita, lutando junto com eles, perderam-se durante o combate. Ela só se lembra que levou um tiro de raspão na cabeça e caiu do cavalo. Feita prisioneira pelos imperiais, foi levada ao acampamento e interrogada pelo Coronel Mello Albuquerque. Manteve-se altiva até que ele lhe disse da morte de Garibaldi.

– Neste momento, eu também queria morrer, mas não antes de enterrá-lo. Não podia deixá-lo à mercê dos urubus que se empoleiravam por ali. Não sei como, obtive permissão para localizar seu corpo e, vigiada de perto, revirei cada morto dos nossos, mas não o encontrei.

Foi então que, com a esperança renovada, Anita voltou para o acampamento, onde foi colocada numa barraca. Noite fechada, sabendo que receberia a *visita* do Coronel, aproveitou a bebedeira dos soldados vencedores e evadiu-se na escuridão. Pouco adiante, roubou um cavalo dos muitos que pastavam por perto, saltou nele em pelo e galopou por uma trilha no meio da mata.

– Meu pai, que se chamava Bento, como o seu marido, era domador de cavalos. Ainda de cueiros, me levava com ele em pequenas cavalgadas pela beira da praia. Quando ele morreu, eu tinha doze anos, e montava melhor do que qualquer menino de Laguna.

Conseguindo escapar dos imperiais, Anita cavalgou durante horas, até que começou a chover e clareou o dia. Foi quando avistou um rancho cuja chaminé fumegava e pediu auxílio. Para sua sorte, eram republicanos. Foi bem acolhida, bebeu uma xícara de café e trocou de montaria. Certa de que Garibaldi a estaria procurando, resolveu voltar para Lages. Orientada pelo dono do rancho, um lenhador, pegou um caminho mais longo, pela mata, para evitar os imperiais. Seguiu assim durante horas, lanhada muitas vezes pelos galhos espinhentos. Percorreu léguas, com poucas paradas, até que escureceu e conseguiu ver as luzes da vila.

Ao atingir as primeiras casas, pediu informações e ficou sabendo que os combatentes republicanos tinham abandonado Lages naquela manhã. Como os imperiais se aproximavam, resolveu seguir em frente, encharcada pela chuva, exausta e tremendo de frio. Foi quando escutou o toque de um clarim e ouviu o ruído da cavalaria em movimento. Para não ser outra vez aprisionada, entrou pelo pátio de uma casa e apeou do cavalo cansado, atando o cabresto numa laranjeira. Como viu luz nos fundos, bateu à porta e esperou.

Atenderam duas mulheres, às quais ela disse que estava à procura do marido e que precisava de um abrigo por aquela noite. Como o irmão de uma delas era republicano, a vontade que tiveram foi de abrigar a fugitiva. Mas seria de fato uma mulher? Suja, suada, travestida com aquelas roupas de homem, somente sua voz era feminina. Foi então que Anita tirou o chapéu campeiro e liberou sua longa cabeleira. E como as mulheres, à luz fraca do lampião, continuassem desconfiadas, ela deslizou a mão direita sobre a camisa imunda e soltou as presilhas. À vista dos seios desnudos, a mais velha das senhoras fez um sinal afirmativo com a cabeça.

– E... conseguiste encontrar logo *a tu marido?*

No dia 18 de março, o que restou do exército republicano reuniu-se às margens do Rio Pelotas, ainda longe de onde seu nome muda para Uruguai. A tropa atravessou as águas turvas e entrou em território da República Rio-Grandense. Os gritos dos quero-queros pareciam dar as boas-vindas aos filhos daquele chão.

Chegando ao povoado de Vacaria, onde talvez ela estivesse refugiada, Garibaldi e Rossetti, não a encontrando, tomaram a decisão de voltar a Lages em busca de Anita. Deviam partir ao amanhecer do dia seguinte.

No entanto, ao entardecer, contra o céu de nuvens rosas e escarlates, a jovem entrou a cavalo pela ruazinha barrenta, entre as poucas casas, todas de madeira. Garibaldi correu ao seu encontro. Anita apeou do cavalo e se abraçaram para nunca mais se separar.

– Que história linda... Mas, agora, que ele vai acompanhar o Bento no ataque a São José do Norte, quero que fiques aqui hospedada comigo. Sei que estão na casa de Rossetti, mas como ele também vai...

– Ficarei feliz em ficar aqui até a volta deles.

– Melhor é que tu permaneças conosco, em Viamão, até nascer a criança. Nesse meio-tempo, *los papeles eclesiásticos*, como me disse o Padre Chagas, serão enviados para *Montevideo*.

– Giuseppe perdeu os navios, mas não sabe viver longe do mar. Depois da tomada de São José do Norte, nós vamos voltar para São Simão.

– Que lugar é esse?

– Uma fazenda não muito longe do Rio Capivary, onde o *Seival* e o *Farroupilha* foram postos nas carretas.

– E o que ele está fazendo lá?

– Orientando o corte de madeira para fabricar outros barcos.

– Anita, como nossos homens são teimosos...

– Graças a Deus.

CAPÍTULO XVI

SÃO JOSÉ DO NORTE,
16 de julho de 1840

Uma hora da madrugada. O Coronel Domingos Crescêncio, o Comandante Giuseppe Garibaldi e o Capitão-Tenente Luigi Rossetti, com ajuda de um temporal, avançam até as paredes da fortificação que protege a principal entrada da vila portuária. São seguidos de perto por soldados de infantaria com seus mosquetes sobre os ombros. Colados à muralha, montam uma escada viva que leva dois deles, que tiraram as botinas pesadas, ao topo do bastião. Ali, em pequena casamata, fracamente iluminada por uma tocha, a sentinela cochila, abrigada da chuva. Um golpe de baioneta lhe perpetua o silêncio.

Os dois soldados, de pés descalços sobre as lajes molhadas, avançam no mais completo silêncio, eliminando a outra sentinela. Ouve-se um pio de coruja, o sinal combinado, e desmancha-se a escadaria humana. Os soldados ficam à espera de que os invasores desçam ao piso inferior e abram o grande portão de acesso a São José do Norte.

A cavalaria republicana, liderada por Bento Gonçalves e Teixeira Nunes, avança e entra a galope pela Rua da Alfândega. A infantaria os segue, enquanto a artilharia dispara os primeiros tiros de canhão.

Os Lanceiros Negros atacam o segundo bastião, os infantes escalam os telhados e dali atiram sobre os soldados imperiais. Nos becos, os choques das espadas se misturam a gritos lancinantes. E o temporal continua. Relâmpagos e trovões parecem participar do combate. Faíscam as ferraduras dos cavalos sobre as pedras da beira do cais.

Ao amanhecer, Bento Gonçalves faz um balanço da situação com seus oficiais. Todas as casas estão em poder dos republicanos. Apenas um fortim resiste, junto ao porto, onde está refugiado o Coronel Soares de Paiva, comandante da praça. Decidem propor-lhe uma rendição honrosa. Incumbido dessa missão, o Tenente-Coronel Teixeira Nunes manda amarrar um pano branco na ponta da lança, monta em seu cavalo bragado, empunha o símbolo de paz e atravessa sozinho as ruas atulhadas de homens e cavalos mortos. Nenhuma mulher ou criança entre eles.

No local onde está entrincheirado, Soares de Paiva o recebe com cortesia, mas recusa a proposta. O *Gavião* não argumenta, sabendo que faria o mesmo em seu lugar. Apenas presta continência e se retira. Ao se aproximar do Fortim Imperial, tomado há pouco pelos farroupilhas, uma explosão faz seu cavalo se empinar e quase jogá-lo ao chão. Entre rolos de fumaça escura, pedras voam e corpos de seus soldados são lançados ao alto, como bonecos de pano.

Bento, Crescêncio, Garibaldi e Rossetti haviam saído há pouco do lugar onde fora feita a reunião. Um tiro de canhão dos imperiais atingiu o paiol repleto de armas e pólvora. Tudo foi pelos ares ao redor de quarenta jardas de distância. Mas os quatro conseguem escapar ilesos, apenas chamuscados.

A chuva cessa, finalmente. Os combatentes mantêm-se em suas posições. O sol surge entre as nuvens, ainda tímido, mostrando as vísceras expostas de São José do Norte. Corpos mutilados pendem das janelas, das escadarias, do alto das muralhas. Manchas de sangue vivo se misturam às poças d'água pelo chão.

Dez horas da manhã. Como brotando das águas do canal que conduz ao mar, surge um esquadrão com fardamento azul e dragonas douradas, que avança ao rufar de muitos tambores. As explosões

Viamão – A Trincheira Farroupilha

tinham alertado a Frota Imperial ancorada em Rio Grande. Alguns navios acabam de desembarcar tropas prontas para o combate. E fazem soar seus canhões por cima delas, atingindo em cheio os republicanos.

Crescendo no aclive que leva à rua principal, ao lado da igreja, os soldados imperiais atiram, ajoelham-se, recarregam os fuzis, levantam-se, caminham e atiram novamente, indiferentes aos companheiros que tombam.

Neste momento, a ventania começa em direção ao sul, exatamente por onde avançam os imperiais. Bento Gonçalves, entrincheirado no bastião de entrada da vila, aquele que foi escalado no início da madrugada, ouve uma voz que lhe sussurra: *Mande botar fogo nas casas, General.* Sim, com o vento soprando forte em direção ao porto, o fogo se alastraria rápido, detendo as tropas imperiais. Mas... e as mulheres, as crianças escondidas nas casas? Ou morrerão queimadas, ou, ao fugirem, serão atingidas pelas balas.

Não. Eu não farei isso, pensa Bento. E olha para o lado. Ninguém está ali. Não saberá jamais quem lhe falou.

Alguns minutos depois, ouve-se o toque de retirada. Nico Ribeiro sente o clarim tremendo em suas mãos, mas sabe que é a única maneira de não morrerem todos os farroupilhas. O canhoneio continua em ritmo cada vez maior. Porém, como os canhões estão nas naves, logo os sobreviventes estarão fora de seu alcance.

Protegidos pela cavalaria que recua aos poucos, formando um escudo protetor na retaguarda, inicia-se a retirada de algumas centenas de homens exauridos. Em alguns dos carroções e carretas, amontoados e manietados, são levados muitos prisioneiros. Os poucos canhões que sobraram são arrastados e empurrados pela lama. Os artilheiros fazem tudo para não os abandonar. Como foram obrigados a fazer com alguns deles na vinda, ao enfrentarem os atoleiros do Bojuru. Naquela ocasião os enterraram, para não servirem aos imperiais.

Das vinte léguas que os separam do povoado de Tavares, onde estão tropas de reserva, avançam com dificuldade apenas três. Convicto de que o inimigo não os perseguirá, pois em campo aberto os

115

fuzileiros imperiais não terão a proteção dos navios, Bento ordena que montem acampamento. Muitos feridos precisam ser tratados, inclusive entre os prisioneiros. Um cálculo inicial revela que, dos cerca de mil combatentes que partiram de Setembrina, percorrendo mais de cinquenta léguas até São José do Norte, uns trezentos caíram mortos no combate.

Durante a tarde chuvosa, nas barracas improvisadas e dentro das carretas e carroções, os feridos foram tratados por um único médico militar e alguns ajudantes, na maioria improvisados. Esgota-se o pequeno estoque de medicamentos, e o cirurgião, respingado de sangue, diz a verdade a Rossetti, que o está ajudando:

– Se não tivermos mais remédios e ataduras, principalmente iodo e álcool, quase todos eles morrerão. Um outro médico para me ajudar seria o ideal. Mas sei que isso é impossível.

Rossetti vai à barraca do Comandante e relata a situação. Em desespero de causa, Bento chama Teixeira Nunes e lhe passa as instruções. Com o sol se pondo à sua direita, o pequeno grupo de lanceiros, tendo à frente o *Gavião*, retorna a São José do Norte. Sua missão? Parlamentar novamente com o Coronel Soares de Paiva, solicitando medicamentos e bandagens que poderão salvar, também, os prisioneiros feridos.

Por incrível que pareça, a missão é um sucesso, tendo vindo inclusive um cirurgião da Marinha Imperial. Assim, ainda nesta noite, os médicos conseguem salvar a vida de muitos dos feridos. Em agradecimento a Soares de Paiva, que sabe ser um irmão maçom, ao mandar o médico de volta, Bento envia com ele todos os cinquenta e oito prisioneiros, a maioria a pé, os feridos em duas carretas.

CAPÍTULO XVII

RIO DE JANEIRO,
2 de agosto de 1840

Francisca desperta sorrindo. Levanta-se da cama em dossel e dá alguns passos de *ballet* até a janela mais próxima. Abre-a, depois de afastar as cortinas pesadas, e encanta-se com a linda manhã. Assim mesmo que eu queria, pensa ela, ouvindo a algazarra dos periquitos no alto das mangueiras copadas. Por isso são chamados de *maracanãs*, como me explicou Pedro, que adora a língua guarani. O nome vem de *maraca*, que significa chocalho. E sorri novamente pensando no irmão, com apenas quatorze anos, elevado, há poucos dias, a Imperador do Brasil.

Sim, em 23 de julho de 1840, depois de três votações encaminhadas pelo Partido Liberal, a Câmara de Deputados aprovou a chamada *Declaração da Maioridade*, eliminando a obrigação constitucional de o herdeiro do trono completar dezoito anos antes de ser coroado. Para tanto, foi fundamental o apoio do povo, que se mobilizou até formar multidões. E vem à cabeça de Francisca a quadrinha que todos decoraram, nobres e plebeus:

Queremos Dom Pedro II,
Embora não tenha idade,
O Povo dispensa a Lei
E viva a Maioridade!

Que horas serão? Não mais que sete, pela calma que ainda está aí fora. Mas é melhor me apressar. O primeiro presente que pedi a Pedro foi de cavalgar comigo, pelo menos uma hora, esta manhã. Mesmo tomado pelas novas ocupações, ele concordou. Mas odeia atrasos...

De pés descalços, Francisca pisa levemente sobre o tapete persa até o recanto do quarto onde está a cômoda com tampo de mármore róseo. Sobre ela a bacia de prata lavrada, tendo ao lado o jarro feito do mesmo metal. Coloca água na bacia, sente a temperatura com a ponta dos dedos e suspira, achando-a fria. Mergulha as duas mãos, muito delicadas, e lava o rosto, acomodando para trás os cabelos. Só então se olha no espelho. E gosta do que vê.

Francisca é uma jovem bonita. A tez clara, em contraste com os cabelos negros, a testa ampla, levemente abaulada, o nariz reto e fino, o rosto alongado, mas nem tanto como o do irmão. Aliás, o único irmão, pois, com exceção de Pedro, ela só tem irmãs.

Maria, a mais velha, nascida em 1819, primeira filha de Dom Pedro I e da Imperatriz Leopoldina, é a Rainha de Portugal. Francisca tinha apenas dois anos quando sua mãe morreu e ainda não completara sete quando Dom Pedro I abdicou do trono do Brasil, em nome do filho Pedro, nascido em 2 de dezembro de 1825, ou seja, com apenas cinco anos de idade.

Dom Pedro I embarcou para a Europa com a segunda esposa, Amélia de Leuchtenberg, levando apenas a filha Maria, com doze anos de idade, para reivindicar o trono de Portugal. Além de Pedro e Francisca, ficaram no Palácio São Cristóvão, na Quinta da Boa Vista, suas irmãs Januária e Paula Mariana, que faleceu de malária, aos nove anos de idade.

Francisca afasta da cabeça esse pensamento. Hoje, não. Nada de pensar no que é triste. Vou me vestir de uma vez, porque pedi o meu *petit déjeuner* para as sete e meia, aqui mesmo no quarto. E, depois de repartir os cabelos ao meio, prende-os em coque e desabotoa, um a um, os botões de madrepérola da camisola. Completamente nua, caminha até o roupeiro de três portas, abre a do meio e se contempla no espelho. Uma verdadeira mulher, aos dezesseis anos de idade.

Ao contrário de muitas outras jovens da nobreza, inclusive sua irmã Januária, que ainda deve estar dormindo no quarto ao lado, Francisca não gosta de ser vestida, a não ser para colocar as roupas complicadas de festa. Desde pequena é teimosa nessas escolhas. Assim, sabe encontrar o que quer naquele roupeiro enorme com cheiro de naftalina e alfazema.

Começa por colocar sobre a calcinha uma espécie de *culote* em tecido leve que esconderá suas longas pernas ao montar. O *soutien*, também no mais recente modelo francês, deixa ainda mais firmes os seios perfeitos. Enfia pela cabeça uma *blouse blanche* de mangas longas, modelada em lã suave, com um detalhe escuro no pescoço que lembra um colar. Escolhe uma saia ampla, *boufante*, de gorgorão marrom-claro, que se ajusta em sua cintura fina sem necessidade de cinto. Pronta! Pelo menos, por enquanto. Depois de tomar seu café com leite e saborear o pão com manteiga e as *brioches* aveludadas, irá colocar as botas de montaria, em pelica, da mesma cor da saia, e prender sobre os cabelos o amplo véu esvoaçante.

Neste exato momento, seu irmão, antecedido por um pajem que lhe abre as portas, acaba de entrar na sala d'armas. Mas está ali só de passagem para as *écuries*, as cocheiras onde estão os melhores cavalos. Vestido com uma roupa de montaria completa, falta-lhe apenas escolher as botas guardadas num *placard* próximo à porta que se abre ao parque. Tem vergonha de dizer, mas seus pés, como seu corpo longilíneo, ainda estão crescendo. Assim, só na terceira tentativa sente-se confortável, pisando com força nas tábuas do assoalho. O boteiro e o pajem sorriem para seu Rei.

Pedro os dispensa, olha em torno da sala d'armas, onde se exercita três vezes por semana, exatamente nos dias em que não cavalga, e pensa em seu professor de esgrima e equitação. Dos sete aos dez anos de idade, recebeu aulas do Major Luiz, filho do Regente do Império, Brigadeiro Francisco de Lima e Silva. E vem-lhe à memória um dia muito especial, em 1833, quando já manejava o florete com alguma habilidade.

– *En garde!*

Atendendo a ordem do mestre d'armas, o menino posiciona-se corretamente e responde no mesmo tom de voz:

– *En garde!*

Os floretes se chocam em movimentos de estudo. O som metálico ricocheteia nas paredes e foge pelas janelas abertas para o parque. Uma leve brisa sacode as folhas das árvores. Chovera durante a noite. Sente-se o perfume de muitas essências tropicais na Quinta da Boa Vista. A luz já é intensa às seis horas da manhã.

– *Dégagez*!

Obedecendo ao professor, o menino recua dois passos e baixa o florete. No rosto alongado, destacam-se os grandes olhos azuis que fitam o mestre com atenção. As primeiras gotas de suor lhe porejam a testa ampla. Tudo nele é longilíneo. Suas pernas magras parecem mais compridas dentro do calção de malha. O mestre d'armas aproxima-se e lhe corrige a flexão dos joelhos. É um homem espadaúdo, de estatura mediana. Tem cabelos castanhos e olhos da mesma cor. O rosto escanhoado está bronzeado de sol. Veste culotes de montaria, botas de cano alto e camisa branca de mangas largas e punhos rendados.

– Agora, eu ficarei na defesa. Pode atacar-me como quiser. Mantenha-se atento para aproveitar a menor falha na minha guarda.

– O senhor não comete falhas, Major Lima.

– Obrigado, Alteza. O mestre d'armas do futuro Imperador não tem o direito de errar. Mas todos erramos, de um ou de outro modo. Na arte da esgrima, o segredo, talvez, seja manter-se atento aos erros do contendor.

– Assim como na política, Major Lima.

O militar percebe um brilho divertido nos olhos do menino e sorri-lhe, ao responder:

– Sou apenas um soldado. E nós, soldados, somos péssimos políticos.

– O Brigadeiro Lima e Silva é soldado e comanda a política do Brasil.

– Meu pai detesta tanto a política como eu. Só aceitou participar da Regência por fidelidade à Vossa Alteza.

Os olhos do menino enevoam-se de lágrimas. O Major admira-se de sua precocidade. Da agudeza de suas observações. Um grupo de jovens cortesãos entra na sala d'armas em alarido. Pelas vestes e rostos, parecem tresnoitados. O professor de esgrima os olha com severidade e eles se calam.

– Vamos prosseguir a aula, Alteza?

– Apenas mais uma pergunta, Major Lima. Responda-me com toda a franqueza. O senhor acha... O senhor acredita que meu pai retornará... um dia... ao Brasil?

Uma súplica intensa contrai o rosto do Príncipe. O militar tem vontade de abraçá-lo, de acariciar a mecha de cabelo louro que lhe cai na testa. Não, o pai deste menino, o antigo Imperador Dom Pedro I, está em guerra para colocar sua filha Maria no trono de Portugal, e nunca mais irá voltar. Melhor dizer-lhe a verdade e enrijecê-lo para a luta.

– Muitos desejam a sua volta, mas ele não voltará. Vosso pai proclamou a Independência do Brasil, mas seu coração continuou português. Teve a sabedoria de partir no momento certo, depois de abdicar em favor de Vossa Alteza.

– Mas... eu estou demorando muito a ficar homem. Acredita que o povo vai esperar por mim?

O Major recua dois passos e baixa o florete como quem apresenta armas.

– Se depender da minha espada, ninguém impedirá o encontro do povo com o seu Imperador. *En garde*!

Neste momento, passados sete anos, o jovem Pedro ainda sente a mesma emoção daquela manhã. Sim, ele tinha razão. Meu pai não voltou, o povo esperou por mim e, graças a alguns homens fiéis como Luiz Alves de Lima e Silva, sou agora o Imperador do Brasil.

– Bom dia, meu querido Pedro.

O rapaz sente o perfume de alfazema, ao mesmo tempo que ouve essas palavras, e responde, também sorrindo:

– Bom dia e feliz aniversário, minha querida Francisca.

Abraça a irmã com discrição e a beija na testa, feliz por estar alguns centímetros mais alto do que ela. Tenho quatorze anos, e ela está completando dezesseis. Pensa nisso e retira do bolso da calça de montaria um pequeno estojo, coloca-o sobre a mão direita espalmada e o oferece a Francisca.

– Obrigada, Pedro... Majestade... Não me diga que é o que estou pensando...

– Sim, querida Francisca.

– Mas... Januária é mais velha do que eu.

– Falei com ela ontem à noite. Concordou com entusiasmo.

Francisca abre o estojo com mãos trêmulas e fica olhando os brincos de safiras, do mesmo tom azul dos olhos da mãe, a Imperatriz Leopoldina, que a deixou órfã com dois anos de idade. Só sabe disso por ouvir contar, e pelos quadros pintados a óleo, principalmente um deles, que ainda a faz chorar.

– Não, minha querida, hoje você só pode ser feliz...

– Posso... colocar os brincos... agora mesmo?

Pedro inclina a cabeça e Francisca os põe habilmente em cada lóbulo das pequenas orelhas, perfurados para isso desde que era menina.

– Estão perfeitos – diz Pedro, fitando com ternura o rosto da irmã.

Meia hora depois, cavalgando lado a lado, ele admira a elegância e segurança de Francisca sentada no selim. Seu cavalo zaino se assusta com o voo barulhento de uma perdiz e se empina, sem que ela nada mais faça senão bater-lhe de leve no pescoço e seguir conversando:

– Não sei se sou a pessoa certa para responder à sua pergunta.

– No principal, já me deste a tua opinião. Com a paz quase obtida no Maranhão, só resta a Província de São Pedro a ser reconquistada para o Império. E não gostaria de ser coroado antes de pacificá-la.

– Penso também assim. E o Coronel Lima e Silva seria a pessoa certa para enviar nessa missão ao extremo Sul.

– Exatamente. Mas ele ainda precisa ficar algum tempo no Norte, para consolidar sua vitória sobre os *balaios*. Ele e o Comandante Lisboa, em terra e no mar, seriam as pessoas certas para devolver os rio-grandenses ao Brasil.

– Mas, como eles não podem, agora, deixar o Maranhão, você busca alguém com coragem e habilidade para conseguir, depois de cinco anos de guerra, que os republicanos rio-grandenses aceitem a paz.

– Acredito que o momento é favorável. Acabo de receber a notícia de que foram derrotados na tentativa de tomar o porto do Rio Grande, a única entrada que leva à capital, Porto Alegre, através da Lagoa dos Patos... Ainda te lembras dela? Das nossas aulas de geografia? Uma laguna com mais de quarenta léguas de comprimento?

Francisca faz um gesto de mais ou menos com a mão direita, mantendo firmes as rédeas com a esquerda. Depois, olha sorrindo para o jovem Imperador.

– Por que você quer a minha opinião? Pergunte ao Deputado Antônio Carlos, ou outro conselheiro experiente.

– Já perguntei. E ele me indicou um seu colega da Câmara, Francisco Álvares Machado, cuja filha, Maria Angélica, é tua amiga. Conheces também, é claro, sua esposa, Dona Cândida.

Francisca puxa as rédeas do cavalo zaino, sendo imitada por Pedro, que monta um tordilho de longas crinas. Olha firme nos olhos do irmão e lhe diz:

– Sim, conheço muito bem toda a família do Deputado Álvares Machado. Sei até que seu pai, há muitos anos, foi nomeado cirurgião da Corte por nosso avô Dom João VI.

– Sei disso, foi um *oftalmologiste*, um dos primeiros médicos brasileiros a operar catarata.

– Pois você sabe até mais do que eu.

– Não conheço o Deputado Álvares Machado dentro de sua casa, como você. Quero saber a maneira com que trata sua família, seus servos, se é realmente um homem de paz.

Francisca sorri com a perspicácia de Pedro e responde com segurança:

– Maria Angélica tem paixão pelo pai. Diz ser ainda mais calmo que o avô dela. Sempre que conversamos, pareceu-me muito culto e inteligente. Ouve mais do que fala, pelo menos em sua casa. Creio que é uma pessoa certa para descer ao Sul nessa missão de paz.

– Ótimo, essa opinião é que eu queria. Além disso, acredito na premonição das mulheres, e na sua, principalmente.

Francisca inclina a cabeça, pensa um pouco e fica corada, antes de falar:

– Está certo. Resolvido o seu problema, agora vou lhe expor o meu. Quero um outro presente de aniversário, além deste, que me deixou tão feliz.

Pedro olha a irmã tocar levemente nos brincos azuis, depois de afastar o véu caído sobre os cabelos negros. E a estimula a prosseguir:

– Tudo o que me pertence é seu, querida Francisca.

E a jovem lhe diz com a voz rouca de emoção:

– Promete, Pedro, que nunca vais me forçar a casar por conveniência política, como aconteceu com nossos pais. Promete, meu Imperador, que vais deixar, um dia, que eu me case por amor.

CAPÍTULO XVIII

ARREDORES DE SÃO LUIZ DAS MOSTARDAS,
16 de setembro de 1840

O dia amanhece ensolarado e quente. A natureza acorda-se do torpor do inverno e se espreguiça nos primeiros ramos floridos a colorir os campos queimados pelas geadas. Uma multidão de pássaros sonoriza a Lagoa do Peixe, que se estende por algumas léguas margeando o oceano.

Próximo a sua extremidade norte, o povoado de São Luiz das Mostardas ainda está adormecido. Uma ou outra chaminé fumega das pequenas casas de arquitetura açoriana. Somente na igreja há algum movimento. De pé, diante da porta aberta, o padre, já paramentado, dá instruções a dois coroinhas que acabam de chegar. Um deles começa a acender as velas do altar, todo de madeira finamente lavrada. O outro sobe alguns degraus debaixo da única torre, pendura-se na corda, e logo se ouve o bimbalhar do sino.

A razão de esta igreja ter sido consagrada não a São Luiz Gonzaga, como nas Missões Guaranis, mas ao Rei da França, Luiz IX, canonizado por seu apoio incondicional à retomada de Jerusalém pelos cavaleiros cristãos, remonta ao ano de 1744. Depois do naufrágio, próximo ao mesmo lugar onde o *Farroupilha* viria a ser engolido pelo mar, ganharam a praia seis sobreviventes de um veleiro que se dirigia ao sul. Todos eles padres jesuítas, caminharam durante algumas léguas pela costa desabitada, alimentando-se apenas de moluscos crus. Exatamente em 25 de agosto, dia consagrado a São Luiz, encontraram a casa do guarda português do Bojuru, onde foram abrigados. Assim, quando criaram a paróquia de Mostardas, trinta anos depois, o santo francês foi escolhido seu padroeiro.

A duas léguas de São Luiz das Mostardas, num rancho barreado coberto de capim, vive a parteira Maria Costa, famosa em toda a região. Seu marido possui algumas cabeças de gado, mas a família sobrevive quase só da caça e da pesca. Maria raramente recebe dinheiro por seus serviços, embora até empreste uma das poucas cabras que tem para dar leite à criança, quando o da mãe custa a descer. Montada num velho petiço, leva sempre com ela a imagem da Nossa Senhora do Bom Parto e a certeza das mãos abençoadas por Deus.

Na casa onde se apeia, chega com voz calma, manda ferver bastante água, tira da mala de garupa alguns panos alvos, faz a higiene da parturiente, esteriliza a tesoura e prepara as compressas de água morna para ajudar a dilatação. Um descanso e vem a dor do puxo. Leva horas. Com paciência, Maria espera. Surge a cabecinha do bebê, que nasce quietinho. Segura-o com jeito, amarra e corta o umbigo, dá-lhe uns tapinhas, até que chore. O primeiro banho em gamela de pés. Ela mesma enrola a criança nos panos que trouxe e a entrega ao pai.

Para descolar a placenta, reza com convicção: *Em nome de Deus e da Virgem Maria, com este sopro, que saia o que está morto dentro de ti.* Depois, chá de arruda, ervas medicinais, malva. Recomenda quarentena e manda a parturiente usar meias de lã, para evitar recaídas. E diz para quem quiser ouvi-la: *Herdei da minha mãe o dom da profissão. Mas a fé em Deus é a maior força para a parteira e a futura mãe.*

Há cerca de um mês, depois que Anita teimou em acompanhar Garibaldi de volta a São Simão, apesar de todo o carinho recebido de Caetana, estão hospedados no rancho dos Costa. Isso porque, logo nos primeiros dias, ela pediu ao marido para dar um pequeno passeio a cavalo. Como andava irritada, com constantes crises de choro, ele concordou, embora contrariado. Escolheu dois cavalos bem mansos, mandou encilhá-los e ainda tentou dissuadir Anita de montar com aquela barriga proeminente.

– Não vejo nenhum perigo, Giuseppe. O menino vai andar a cavalo dentro de mim.

A verdade é que Garibaldi também estava desgostoso por não ter navios para comandar e por um fato ocorrido durante o combate de São José do Norte. A derrota pareceu-lhe inexorável pela diferença de armamentos, uma vez que a maioria das vítimas tombara sob o fogo dos canhões da Armada Imperial. A retirada era inevitável, mas, depois que foi ordenada, correu um boato entre os republicanos de que fora ele o autor da frase que incitara Bento Gonçalves a mandar atear fogo nas casas onde se abrigavam mulheres e crianças.

Vinha pensando nessa calúnia, enquanto cavalgavam lado a lado. Anita sorria pela primeira vez em muitos dias, explicando que Caetana, pela forma da barriga, tinha-lhe dito que se preparasse para ganhar um menino. Andavam ao passo, com todo o cuidado, quando aconteceu o acidente. Debaixo de uns juncais, saltaram assustadas algumas capivaras. Num movimento brusco, os cavalos desviaram-se delas. E a gestante, desequilibrada, caiu ao chão, protegendo a barriga.

A vegetação alta amorteceu o tombo e ela jurou ao marido que o bebê estava bem, mexendo-se um pouco, mas sem outro perigo. Mesmo assim, seu amado Giuseppe deixou os cavalos a pastar por ali e levou-a no colo para casa. Lá chegando, mandaram buscar dona Maria Costa, que veio em seu petiço, algumas horas depois.

A parteira examinou Anita com cuidado e concordou que a criança nada sofrera. Mas, como não podia ficar mais tempo em São Simão, devido a outras mulheres que estavam em fim de gestação, convidou o casal a acompanhá-la ao seu rancho perto de Mostardas. Poderiam ficar ali até o parto de Anita, que devia ocorrer dentro de poucos dias. Foi assim que Garibaldi conseguiu uma *charrete* emprestada, onde acomodou Anita e dona Maria, seguindo a cavalo com o petiço pelo cabresto.

O rancho da família Costa, à sombra de uma figueira brava, fora erguido próximo do capão de mato onde corria uma sanga de água boa. Embora humilde, era amplo e dispunha de um quarto grande para as eventuais parturientes que ali chegassem numa emergência. O casal acomodou-se com sua pouca bagagem, e os dias foram passando sem novidades, firmando-se o tempo antes das enchentes de São Miguel.

Assim, o dia 16 de setembro de 1840 amanhece ensolarado. Poucas nuvens empurradas pelo vento nordeste correm sombreando os campos. Não se trata do *nordestão*, também chamado de *carpinteiro* pelos naufrágios que provoca, jogando restos de barcos às praias do Atlântico Sul. Este é moderado, só encrespando as águas das lagoas.

Em seu quarto, no rancho dos Costa, Anita ainda dorme aconchegada num cobertor de lã de Mostardas. No fogão de tijolos da cozinha, a chaleira começa a chiar. Garibaldi enche a cuia do primeiro mate quando ouve latidos insistentes e trata de prevenir-se. Engatilha a garrucha e espia pela janela. Exatamente dois meses depois da derrota que sofreram em São José do Norte, correm boatos de que Chico Pedro pode andar pelas redondezas. Mas é apenas o seu Costa, que chega com dois homens carregando a carcaça de um enorme capincho numa armação de taquara. O italiano desengatilha a arma, coloca-a na cintura e sai para ajudar na carneada.

Anita se acorda com a conversa dos homens e tenta levantar-se. Sua cama está molhada e ela sente as primeiras contrações. Assustada, chama por Giuseppe, que entra logo no quarto. Maria vem atrás e o expulsa. É uma mulher baixinha, com cara de indígena, voz áspera e autoritária. Manda que ponha mais água a ferver, e ele vai para a cozinha, meio atarantado. Bate com a cabeça numa trave do telhado baixo e abafa um palavrão em italiano. Lembra-se da ordem recebida e vê que o balde de madeira está vazio. Pega-o para buscar água na sanga, mas, ao ouvir Anita gemendo, entrega o balde ao seu Costa e volta tropeçando para a cozinha. No fogão, o leite que Maria deixara para ferver numa panela começa a se derramar sobre a chapa.

Com as costas protegidas por um grande pelego apoiado na cabeceira da cama, a parturiente se firma em duas cordas de couro presas no teto. Orientada pela parteira, respira bem fundo e mastiga a dor. Maria, de joelhos a sua frente, instiga-a a forcejar, sempre com palavras suaves. Anita sabe que a hora está chegando. A parteira expulsa outra vez o marido que mete a cara assustada por uma fresta da porta. Ele volta para a cozinha e caminha em círculos, sempre resmungando em sua língua materna.

O suor encharca a camisola de Anita quando ela sente *a dor do puxo*. Maria Costa ergue a criança de cabeça para baixo e dá-lhe uma palmada rápida para fazê-la chorar.

Assim que ouve o choro, Giuseppe entra de qualquer jeito no quarto e é outra vez expulso. Mas teve tempo de ver Anita sorrindo e sabe que pariu um menino, como sempre dissera. Sai para o pátio, onde o capincho está pendurado num galho da figueira, e, sob os risos dos carneadores, tira a garrucha da cintura, engatilha-a e dá dois tiros para o alto:

– É um *bambino*! É um *bambino*!

Nesse meio-tempo, Maria amarra o umbigo em dois lugares, entre a mãe e o filho, e o corta com a tesoura que sempre está fervida. Limpa a criança com cuidado, enrola-a num cueiro e, na ausência de berço, a coloca aninhada no braço esquerdo de Anita. Aí sim começa a passar um pano molhado nas pernas ensanguentadas da linda mulher.

É assim que Giuseppe a chama, *linda moglie*, olhando outra vez por uma fresta da porta. Maria deixa-o entrar, resmungando para Anita:

– Vosmecê é corajosa, muito diferente do seu marido.

Anita tem vontade de rir, enquanto cobre as pernas com o lençol grosseiro e passa a mão direita nos cabelos revoltos. Giuseppe se aproxima, olha para o rostinho do bebê e pergunta:

– Ele tem... tem tudo... direitinho?

É a parteira que responde, sacudindo a cabeça:

– Ele tem todos os dez dedinhos... E tudo mais que um macho tem que tê. Como vai sê o nome dele? É bom botá logo, senão vai ganhá o apelido de *Nenê*.

Como já combinara com Anita, Garibaldi responde:

– Menotti.

– Meno... o quê?

– Menotti, um nome italiano.

– Padre não batiza com esse nome esquisito. Tem que tê nome de santo.

Assim, depois que a parteira sai do quarto, o casal decide chamar o menino de Domenico Menotti Garibaldi. Domenico, ou Domingos, em homenagem ao pai de Giuseppe. E o segundo nome em honra a Ciro Menotti, um ídolo de todos os que lutam pela unificação da Itália.

CAPÍTULO XIX

SETEMBRINA,
26 de setembro de 1840

Bento olha para Onofre e contrai os maxilares. Controla-se com dificuldade, correndo os olhos pelos demais membros do seu estado-maior, do Conselho de Ministros e do representante da Igreja Católica. Estão ali, no salão da Câmara de Vereadores, as pessoas em quem mais confia na República Rio-Grandense. Todos eles mestres maçons e, alguns, como o Vice-Presidente José Mariano de Mattos, o Padre Francisco das Chagas e o Ministro Domingos José de Almeida, seus colegas deputados na instalação, em 20 de abril de 1835, da Assembleia Legislativa Provincial.

Como costuma fazer nessas ocasiões, respira fundo e conta mentalmente até dez, antes de falar:

– Coronel Onofre Pires, só não vou considerar suas palavras como ofensivas porque sei que as pronunciou num desabafo. Mas acusar-me de *derrotado* por apenas expor os termos da paz a nós oferecida chegou ao limite do que costumo suportar.

O gigantesco Onofre ergue ainda mais a cabeça, mas desiste de falar. Conhecendo seu primo como poucos, sabe que está mantendo o controle por imposição política. Insistir nos agravos só poderá terminar num duelo de espada. Depois de desculpar-se com algumas palavras quase ininteligíveis, senta-se na cadeira de espaldar alto, normalmente ocupada por um dos vereadores.

E logo se ouve uma voz bem calma:

– Peço a palavra, senhor Presidente.

– Palavra concedida, amigo Gomes Jardim.

– Concordo que o motivo de estarmos aqui não é o de discutir as razões pelas quais fomos derrotados em São José do Norte. E sim porque, novamente, e agora por intermédio do Deputado Álvares Machado, um mensageiro com altas credenciais, a paz nos é proposta pelo jovem Imperador Dom Pedro II.

Bento olha com simpatia para seu compadre e irmão maçom da primeira hora. O cabelo grisalho já escasso, a testa ampla, o rosto bem escanhoado, com exceção das amplas costeletas, completamente brancas. Tem pequena estatura, ombros largos, fala sempre sem exaltar-se, mas é um dos mais valentes entre os que participam desta reunião.

– Senhor Presidente, meus camaradas... todos vocês sabem que, dos nossos sete filhos varões, Isabel Leonor e eu já perdemos cinco... desde o início desta revolução.

Gomes Jardim para de falar, recompõe-se e retoma a palavra:

– Tendo sido nós, o Coronel Onofre Pires e eu, os indicados para chefiar, em 20 de setembro de 1835, a invasão de Porto Alegre, entendo a razão pela qual se sentiu ofendido com a mera discussão desta proposta de paz.

Onofre inclina-lhe a cabeça agradecido, e Jardim prossegue:

– No entanto, depois de cinco anos de guerra, parece-me adequada a posição de nosso Presidente em discutir, sem receio, os termos oferecidos de uma paz honrosa. Talvez o General Bento Gonçalves seja a pessoa que mais sofreu nesta guerra, voltando milagrosamente para nos guiar depois de quase um ano prisioneiro nos cárceres imperiais. E foi exatamente aqui, em Viamão, depois honrada com o nome de Setembrina, que ele voltou a nos comandar como Presidente de fato e de direito.

Desta vez, é Bento quem lhe inclina a cabeça. E Jardim tenta prosseguir, quando o Coronel Antônio de Souza Netto se levanta e ergue sua voz de barítono:

– Como se diz nesta Câmara de Vereadores, Vossa Excelência permite um aparte?

Jardim, embora contrariado, lhe responde com educação:

– A palavra é sua, prezado amigo.

Netto agradece, empina o peito, olha em círculo com solenidade e diz:

– Se aceitarmos a paz que nos é oferecida agora, como já aconteceu dois anos atrás, teremos garantidas nossas patentes militares, os bens imóveis e semoventes, todas as vantagens concedidas por uma anistia total e irrestrita. Mas deixaremos de ser cidadãos republicanos para baixarmos a cabeça como meros súditos de Dom Pedro II.

Essas palavras são tão fortes que até Bento Gonçalves sente-se abalado. Saboreando o triunfo, Antônio Netto prossegue:

– Não podemos ignorar os farroupilhas mortos nesta guerra, não menos de dois mil, neles incluídos os valentes filhos do nosso irmão Gomes Jardim. Agora mesmo, em São José do Norte, mais de trezentos republicanos foram enterrados numa única vala pelos imperiais. E, caindo numa emboscada do sanguinário Moringue, acabamos de perder o bravo Coronel Corte Real. Terão todos eles sido sacrificados em vão?

Ditas essas palavras, Netto agradece o aparte concedido e senta-se, acomodando a espada do seu lado esquerdo.

Com a mesma voz macia, Gomes Jardim retoma a palavra:

– Recordo-me, Coronel Netto, de que, na vez anterior em que a paz nos foi proposta, ao ser pedida sua opinião, a resposta foi a seguinte: *Enquanto eu tiver mil piratinenses e dois mil cavalos, a resposta é esta*, e bateu seguidas vezes nos copos da espada.

Sorrindo, Netto concorda, repetindo o gesto. Ouvem-se alguns murmúrios de aprovação, e Jardim prossegue:

– Dois anos depois dessas suas palavras, dignas de um homem valente, talvez pela impossibilidade da República Rio-Grandense contar em sua Divisão com tantos soldados e cavalos, estamos acumulando derrotas, que nos obrigaram até a abandonar Caçapava, ficando a República sem uma capital.

Antes que Netto possa manifestar-se, o Padre Francisco das Chagas pede um aparte a Jardim, que lhe passa a palavra e senta-se ao lado de Bento.

– Meus irmãos em Cristo. Desde que planejamos, há cinco anos e alguns meses, na sacristia da Igreja Nossa Senhora da Conceição, aqui próxima, o início do movimento revolucionário que nos trouxe a República em 1836, por vossas mãos, Coronel Antônio de Souza Netto, Viamão, hoje Setembrina, tem sido o local mais importante de todas as nossas decisões. E, por muitas vezes, como agora, tornou-se a capital republicana de fato e de direito.

Juntando as mãos, como se estivesse numa pregação religiosa, o Padre Chagas continua a falar:

– Assim sendo, a República Rio-Grandense não anda em *carretas a rodar*, como dizem os que nos detestam, mas está firmemente ancorada exatamente aqui, onde estamos neste momento.

– Apoiado! Apoiado!

Surpreendido por essas manifestações, impossíveis de escutar num púlpito, o Padre Chagas prossegue:

– Assim sendo, meus irmãos, e estando aqui presentes todos os principais responsáveis por continuar a guerra ou aceitar a paz, civis, militares e eclesiásticos, quero convocá-los para uma profunda reflexão. Estamos realmente preparados para amar-nos uns aos outros, para perdoar os nossos inimigos? Para nos reintegrarmos de fato ao Império do Brasil?

O Vigário Apostólico, como um ator num palco, diz essas palavras e se cala, sentando-se e baixando a cabeça, como a rezar.

Mas a profundidade do que disse deixou perplexos esses homens, em sua maioria simples. Menos o mais culto de todos, Luigi Rossetti. Pedindo autorização ao Presidente, ele levanta-se e fala:

– Há três anos, meu irmão Garibaldi e eu nos unimos a vós na luta pela República Rio-Grandense. Seguindo os ensinamentos de

Mazzini, acreditamos que a verdadeira pátria é qualquer lugar do mundo sedento de justiça e lutamos junto convosco, como o fizemos na Itália. Perdemos velhos e novos companheiros, como Matru, Staderini, John Grigs, Procópio, Rafael, e estamos dispostos a continuar nesta luta, dando nossas vidas, se a opção for pela guerra. Convencidos, porém, do contrário, de que não teremos recursos humanos e materiais para manter esta República, podemos pedir mais sacrifícios ao povo? Temos o direito de deixar nossa gente continuar a despedaçar-se? Se Deus é o Povo, como acreditamos, caberá a ele, e não a nós, perdoar os nossos inimigos...

Rossetti se cala e, de imediato, ouve-se a voz cavernosa de David Canabarro:

– Gostaria de saber a opinião do bravo Comandante Garibaldi!

Surpreso com a *convocação*, Giuseppe levanta-se e começa a falar:

– *Io suono un huomo*... Perdoem... Eu sou um homem de poucas palavras. E com elas quero dizer-lhes que, agora, com o nascimento de meu filho rio-grandense, sinto-me ainda mais um legítimo cidadão desta República... Porém, se aceitarmos a paz, estaremos nos unindo com o Império do Brasil, com brasileiros de outras latitudes, podendo lutar juntos para impor ao país, no correr do tempo, o regime republicano. Muito diferente da Itália, que foi dividida em diversos pedaços pelas aves de rapina.

Garibaldi se cala. E, assim, nesta manhã histórica, um a um vão se manifestando os principais protagonistas da Guerra dos Farrapos. Apenas Bento Gonçalves, como prometera na abertura dos trabalhos, só dará sua opinião caso seja necessário o *voto de Minerva*.

O que se torna dispensável. Depois de quatro horas de debates, a ampla maioria dos republicanos decide rejeitar a paz.

CAPÍTULO XX

RANCHO DOS COSTA,
3 de outubro de 1840

Cinco dias depois da partida de Garibaldi para Setembrina, convocado a participar da reunião pelo próprio Presidente da República, Anita está inconsolável. Presa à cama de casal em razão do repouso pós-parto, sendo fiscalizada de perto pela parteira Maria, seu único consolo é amamentar o pequeno Menotti, acomodado numa caixa forrada por um pelego de lã negra. Entre o bebê e o forro macio, foi colocada uma manta de algodão azul e um minúsculo travesseiro da mesma cor.

Fora isso, falta tudo no *enxoval* da criança. As poucas fraldas e cueiros precisam ser lavados constantemente e secados com o ferro de passar, cheio de brasas, manejado o tempo inteiro por Maria. Aproveitando a ida de Giuseppe a Setembrina, Anita lhe entregara uma pequena lista de tecidos a comprar para que ela possa costurar roupinhas, dizendo-lhe para pedir isso a Caetana. Também a ela faltam roupas de seu talhe normal, mas sabe que a amiga não deixará de incluir algumas, lido o bilhete que lhe enviou.

É tão rígido o controle para que não se levante da cama, que Anita estranha quando Maria se aproxima com um vestido nas mãos e lhe diz:

– Meu homem chegou de Mostardas com más notícias. Dizem que o tal do Chico Pedro desembarcou com muitos soldados nas alturas do Bojuru.

Um arrepio percorre o corpo de Anita, que olha de imediato para o bebê. Pelos relatos de Giuseppe e Luigi, ela sabe do ódio desse Coronel Abreu por ambos, desde que Procópio o derrubara com um tiro no estaleiro do Rio Camaquã. Salta da cama e enfia o vestido, enquanto Maria lhe traz as velhas botinas com esporas e fala, sem alterar a voz:

– Em condições normais, eu nunca concordaria. Mas terás de ir a cavalo, levando o bebê aconchegado, ou o entregando para mim, que irei no meu petiço.

– Eu posso levar Menotti... mas... para onde vamos?

– Para Mostardas. Numa hora e pouco estaremos lá e poderei escondê-la com seu filhinho, até que passe o perigo. Se os caramurus atacarem o povoado, o que os moradores não acreditam, nós...

– Por que não acreditam?

Maria olha para Anita, já vestida, calçando as botinas, e hesita um pouco antes de falar:

– Dizem que a raiva desse Moringue é contra o teu marido... Que estão vindo direto para cá.

A catarinense ergue o busto de seios pesados e diz simplesmente:

– Giuseppe está fora de perigo... A senhora tem razão, precisamos tirar Menotti daqui.

Dito isso, com ajuda de Maria, enrola o bebê na manta azul e o acomoda com cuidado em seu braço esquerdo. Caminha alguns passos, testando o equilíbrio, e pega um fuzil carregado que Giuseppe deixou para ela. Maria lhe acomoda um chapéu de abas largas sobre os cabelos negros, capaz de proteger mãe e filho do sol forte. Nesse momento, escutam o tiroteio.

– Venha! Corra! Nossa gente não vai aguentar muito tempo!

Anita é empurrada por Maria até a porta do rancho. A pequena mulher sai correndo a sua frente, desamarra um cavalo que se agita e escoiceia, pega o bebê por uns instantes enquanto ela monta e o devolve dizendo:

– Galopa para longe e depois apeia e te esconde no mato. Eles vão atrás só do baio... Eu vou...

Maria diz essas palavras e cai varada de balas. Com o filho num braço e no outro um fuzil, Anita esporeia o cavalo em direção ao mato. Pensando apenas em salvar Menotti, desaparece entre as árvores, galopando pela trilha em direção ao mar.

Vencida a última resistência nos arredores do rancho, o próprio Chico Pedro lidera sua perseguição. E, apenas meia légua adiante, escondida numa moita à beira da sanga, com o fuzil apontado, mas dominando-se para não atirar, Anita vê passar o terrível Moringue e muitos soldados com farda azul e vermelha. Correm atrás do cavalo baio, que só vão encontrar muito adiante, apenas com os arreios sobre o lombo.

Neste exato momento, vencidos dois terços do caminho até o rancho dos Costa, Garibaldi puxa as rédeas do cavalo ao ver um espetáculo deprimente. No local chamado Roça Velha, onde encontrara na ida o Capitão Máximo e um piquete dos Lanceiros, encarregados de proteger Setembrina pelo lado do mar, estão muitos corpos de farroupilhas e cavalos mortos espalhados pelo capinzal ensanguentado. Centenas de corvos bicam os cadáveres de homens e animais.

Desesperado, só pensando em Anita e Menotti, desvia-se do campo de batalha e crava as esporas nas ilhargas da montaria. Com a língua colada no céu da boca, só detém o cavalo quando avista o rancho devorado pelo fogo. Sem pensar no que está fazendo, revisa a carga das duas pistolas que traz no cinturão e, empunhando uma delas, avança com cuidado até junto da enorme figueira. Apeia-se e logo identifica os corpos do casal Costa e dos dois peões, todos degolados, inclusive Maria.

Não acredita que sua mulher tenha morrido sem lutar, queimada com o bebê dentro do rancho. Monta outra vez e sai a procurá-la, gritando seu nome. Se os encontrar mortos, seu único pensamento é de também meter uma bala na cabeça.

Que os atacantes eram muitos é fácil de adivinhar pelas marcas de patas de cavalos. E Garibaldi as segue pela trilha, sempre gritando por Anita. Chega até a beira da praia, onde um homem muito velho sai de uma palhoça e lhe aponta o lado sul, por onde foram os soldados inimigos. Espiando por uma fresta da porta carcomida, não viu nenhuma mulher com eles.

Já rouco, retornando pela mesma trilha, o italiano continua a gritar pelo nome da mulher amada. Até que ela responde, surgindo do meio das árvores, com o mesmo vestido azul, agora todo embarrado, com que a viu pela primeira vez na distante Laguna. Também enrolado num pano da mesma cor, aninhado em seus braços, está o pequeno Menotti, dormindo tranquilo, pois acabara de mamar.

CAPÍTULO XXI

SETEMBRINA,
domingo, 8 de novembro de 1840

O oficiante da missa, Padre Francisco das Chagas, chega ao altar seguido por dois coroinhas. O público coloca-se de pé, enquanto os três fazem a genuflexão. Um dos sacristães fica aspergindo incenso. O outro se mantém ao lado do sacerdote, que encara os fiéis e traça com a mão direita um amplo sinal da cruz:

– *In nomine Patris, et Filii, et Spiritus sancti.*

O povo responde em coro:

– Amém!

O Padre Chagas abre os braços e prossegue:

– *Gratia Domini nostri Iesu Christi et caritas Dei, et communicatio Sancti Spiritus sit cum omnibus vobis.*

Ocupando a primeira fila de bancos do lado esquerdo estão Bento, Caetana, Gomes Jardim, Isabel Leonor, o Presidente da Câmara de Vereadores e esposa. Logo a seguir, depois do corredor central, David Canabarro e Eufrásia, sua mulher e tia, parecendo miudinha junto ao maciço coronel, e outras autoridades locais. Nas fileiras, logo atrás, estão Teixeira Nunes e Luigi Rossetti, ao lado de outros oficiais de menor escalão. A seguir, com seus fardamentos onde domina o escarlate, suboficiais e soldados do Regimento dos Lanceiros Negros ocupam mais de metade da nave. O povo endomingado, principalmente mulheres e crianças, se aglomera nos bancos do fundo, muitos de pé junto da entrada e até no patamar.

Todas as velas dos candelabros do teto e dos altares estão acesas, e seu calor, unido à multidão de corpos suados, faz com que algumas mulheres abanem seus leques. Desde o início da Revolução Farroupilha não se vê a Igreja Nossa Senhora da Conceição tão repleta e engalanada, inclusive com margaridas amarelas em seus vasos habitualmente vazios.

Preparando-se para a leitura do evangelho, o Padre Chagas segue oficiando em latim:

– *Munda cor meum ac labia mea, omnipotens Deus, ut sanctum Evangelium tuum digne valeam nuntiare. Dominum vobiscum!*

A resposta dos mais religiosos é imediata:

– *Et cum spiritu tuo!*

– Amém!

Todos que estavam ajoelhados sentam-se com certo alívio, enquanto o sacerdote faz o sinal da cruz sobre o livro, a boca e o peito.

Durante a leitura do evangelho, Bento olha para Caetana e sente estreitar-se a garganta. Ela está linda, com o vestido de seda grená fechado até o pescoço e os cabelos cobertos por uma mantilha negra sevilhana, que a acompanha desde que se casaram no Uruguai, há exatos vinte e seis anos. Depois de tanto tempo, das muitas peripécias enfrentadas, desde as batalhas na Província Cisplatina até os últimos cinco anos da Guerra dos Farrapos, dos oito filhos que lhe deu, todos vivos, com a graça de Deus, Caetana, a seus olhos, parece sempre a mesma. Nunca lhe falhou no juramento que fizeram, diante de um altar como este, de permanecerem unidos *na alegria e na tristeza, na saúde e na doença, na riqueza e na pobreza, por todos os dias da nossa vida, até que a morte nos separe, amém.*

No altar, o Padre Chagas abre os braços e diz em latim:

– *Verbum Domini.*

– *Laus tibi, Christie.*

Concluída a leitura do evangelho, o sacerdote sobe ao púlpito para pronunciar a longa homilia. Sua voz ecoa nítida devido à acústica perfeita, mas Bento não consegue concentrar-se nas palavras que seu velho amigo diz, agora em português. Sabe que ele está rezando esta missa como um *Te Deum*, em ação de graças a Setembrina, antiga e valorosa Vila de Viamão, terra de sua mãe e dos momentos mais marcantes da infância, até que se despediu dela, para sempre, com apenas quinze anos. De Caetana, desde que voltou das prisões do Império, não mais se separou, a não ser por alguns dias, tendo ela transformado em lares as casas em que viveram nas duas capitais da República, Piratini e Caçapava. E, principalmente, ali, *na segunda capital da Capitania de São Pedro do Rio Grande do Sul, a mais resistente das trincheiras farroupilhas*, como está dizendo o Padre Chagas neste exato momento.

Agora, terão de deixá-la para trás, acompanhando todo o Regimento dos Lanceiros para defender a fronteira norte da República. Depois que Bento fora obrigado a recusar a paz, oferecida com tantas garantias pelo Deputado Álvares Machado, com quem tivera duas entrevistas muito positivas, a reação do jovem Imperador Dom Pedro II tinha sido a pior possível. Orientado por conselheiros belicistas, ressuscitara do ostracismo o velho General Pierre Labatut e o enviara à frente das tropas que atravessaram o Rio Pelotas, mais acima de onde ele passa a se chamar Rio Uruguai. Depois de tomar Vacaria, assassinando sem piedade os moradores que não conseguiram escapar, os invasores só não avançaram mais pela serra porque os indígenas Caingangues os estão tocaiando, segundo as últimas notícias que recebeu, matando muitos deles com suas flechas certeiras.

Concluída a homilia do sacerdote, enquanto se levanta e depois se ajoelha, acompanhando os movimentos de Caetana e de todo o povo, Bento continua a pensar nesse famoso mercenário francês. Quase tudo o que sabe sobre ele lhe foi contado por João Manuel de Lima e Silva, seu saudoso amigo, hoje repousando num túmulo em Caçapava. João Manuel, ainda jovem tenente, lutou sob as ordens do General Labatut na Guerra da Independência, na Bahia, em 1823, sendo testemunha de sua crueldade. Antes disso, contratado para comandar uma divisão de voluntários venezuelanos na luta contra os espanhóis, ele fora expulso pelo próprio General Simon Bolívar, depois que o povo o apelidou de *Pirata do Caribe*. O mesmo acontecera nos arredores de Salvador, quando Dom Pedro I, que o contratara a peso de ouro, tivera de mandar prendê-lo, depois de saber que Labatut não deixava vivo um só de seus prisioneiros, fossem eles homens, mulheres ou crianças.

Bento é despertado de seus pensamentos pela voz próxima do Padre Chagas, que pede que o acompanhem mentalmente em português, espanhol, italiano, alemão, ou seja, em todas as línguas nativas dos fiéis ali presentes, *na oração que o próprio Cristo nos ensinou*:

– Pater noster, qui es in caelis: santificetur nomen tuum; fiat voluntas tua, sicut in caelo et in terra. Panem nostrum quaotidianum da nobis hodie, et dimitte nobis debita nostra, sicut et nos dimittimus debitoribus nostris; et ne nos inducas in tentationem; sed libera nos a malo. Amen.

A seguir, depois de cantado o *Te Deum* por um coro regido pelo maestro negro Joaquim José de Mendanha, o oficiante dá por encerrada a missa, pronunciando claramente as palavras em latim:

– Ite, missa est.

Levantando-se da primeira fila de bancos, Bento e Caetana cumprimentam um a um os jovens cantores, reservando a Mendanha, autor da música do Hino Rio-Grandense, as palavras mais calorosas de agradecimento.

A seguir, enquanto os fiéis vão saindo lentamente pelo corredor central e pelas laterais da nave, o casal toma a direção contrária, subindo as escadas do altar e dirigindo-se à sacristia.

Bento, que não mais ali retornara depois da noite de 31 de julho de 1835, sente o coração bater mais forte. Na cabeceira desta longa mesa de mogno maciço, cercada por cadeiras de espaldar alto, com filigranas desenhadas na madeira, sentindo o mesmo cheiro de incenso que agora, ele dissera as palavras que lhe voltam à mente com clareza impressionante:

– A única maneira que me parece confiável para chamar atenção da Regência do Império aos desmandos do Governo desta Província é nos unirmos para tomar Porto Alegre e derrubar Fernandes Braga do poder.

Naquela ocasião, um *frisson* percorrera a todos os primeiros revolucionários, enquanto o Padre Chagas, erguendo os olhos para a imagem de Cristo que dominava a sacristia, fez lentamente o sinal da cruz.

Agora, depois de abrir uma gaveta e retirar duas folhas de papel tomadas por sua letra miúda e regular, o Vigário Apostólico, que conseguiu manter unida a Igreja Católica rio-grandense nestes cinco anos de lutas, aproxima-se de Garibaldi e Anita e diz:

– Aqui está o documento que lhes prometi. Quero que saibam, e digam ao Comandante Garibaldi, antes de partirmos de Setembrina, que redigi esta carta em latim para o senhor Bispo de Montevidéu. Nela solicito que seja iniciado o processo eclesiástico de anulação do casamento, ao qual se recusou no altar, e não foi atendida, a menina Ana Maria de Jesus Ribeiro.

Caetana se ajoelha de imediato, imitada por Bento, e o Padre Chagas, sorrindo, abre os braços e fala:

– Considerem que estão ajoelhados, não diante de mim, mas de sua Santidade, o Papa Gregório XVI. Somente ele, em sua infinita misericórdia, poderá libertá-la para um verdadeiro casamento cristão.

Neste momento, a poucas quadras da igreja, Rossetti entra na pequena casa em que vive, agora partilhada com Giuseppe, Anita e Menotti. E logo retomam a discussão que interromperam no início da manhã:

– A distância é imensa entre Vacaria e Setembrina, ainda completamente segura, mesmo que aqui fique uma guarnição de apenas quinhentos homens.

Garibaldi sacode a cabeça, enquanto Menotti começa a chorar e Anita o leva ao quarto para amamentá-lo.

– *Luigi, fratello mio*, até o teu futuro afilhado deu a sua opinião. Não vejo nenhuma razão que te exija ficar aqui, quando somos obrigados a partir para a segurança de Anita e do *bambino*.

Em verdade, os dois sabem que os combates irão recrudescer nos próximos meses, exigindo novos sacrifícios de todos os republicanos. E Rossetti não se conforma com isso, pensando na carta que enviara ao Major Lucas de Oliveira, tentando convencê-lo a influenciar o Coronel Netto, seu melhor amigo, a aceitar a paz. Missiva que resultara em críticas sobre sua honra, que o levaram a escrever outra carta, nesta madrugada, que irá entregar em mãos a Bento Gonçalves, ainda hoje.

– Vou te explicar melhor a minha posição – diz ele, levantando-se e pegando duas folhas de papel de cima de seu pequeno *bureau*, onde as deixara para secar a tinta.

Senta-se outra vez diante de Giuseppe e começa a ler:

Ao General Bento Gonçalves

Excelentíssimo Senhor

A fim de cortar intrigas, e para que ninguém faça críticas de mim que não haja merecido, lhe remeti por cópia a carta que enviei ao senhor Tenente-Coronel Lucas de Oliveira, juntamente com a resposta com a qual ele me honrou.

Escrevendo ao senhor Lucas me dirigi a um amigo com quem muitas vezes m'entretive a respeito da cousa pública; e quis ao mesmo tempo servir a Vossa Excelência no pensamento da Paz, tão determinantemente emitido, assim como o servi com todos os meios ao meu alcance na guerra.

Voltando à sala, com Menotti adormecido nos braços, Anita pergunta:

– Posso ouvir também? Não é segredo?

– Por favor, minha cunhada. Sua opinião será valiosa. Quer que comece de novo?

Anita sorri constrangida:

– Não carece. Acho que ouvi bem ali do quarto.

Luigi corresponde ao sorriso e prossegue:

Expus minha opinião porque debaixo do Governo de Vossa Excelência e da República não pode haver Lei que m'o proíba; mas o hei assim feito com boa intenção.

Giuseppe, até ali calado, não resiste e diz:

– Disso sou testemunha, inclusive na reunião que levou o General Bento a optar pela guerra. Na minha opinião, dada a falta de recursos, iremos trocar a paz por uma derrota certa.

Luigi apenas inclina a cabeça e prossegue:

Disse verdades talvez de difícil digestão ao paladar de muitos; mas as confiei a um amigo, ainda que seja máxima minha que, ao se tratar dos interesses de um povo, se haja de dizer a verdade a todos tal e qual é sentida. A mentira, a adulação, as bravatas e todo o seu cortejo de infames artimanhas são indignos do republicano e não os sei usar. Agora, se me mostrarem que minha opinião é falha, ou mal fundada; que a Paz não é nem útil, nem necessária; que a reunião do País ao Império não convém; que há elementos republicanos e meios para pô-los em ação. Oh, muito o estimaria.

– É assim mesmo que eu penso. Desde que queimamos em Laguna nossos últimos navios, há quase um ano, apesar de todas as promessas, continuo lutando a cavalo. Eu e nossos poucos marinheiros... Mas, como dizia o *João Grande, I beg your pardon*, me perdoe a interrupção.

Luigi ergue a mão direita, em sinal de paz, e retoma a leitura:

Quando me lisonjeava disso, sacrifiquei vida e interesses de patrícios e amigos meus; talvez mesmo a minha honra; me sujeitei por estes anos a uma existência penosa de privações e trabalhos, e nela estou pronto a continuar se houver quem me mostre com solidez e boas razões que se continuando a luta triunfaria a República. Convencido, porém, do contrário, não posso, em minhas manifestações a nosso povo, para cuja felicidade estou pronto a dar a vida, dizer que teime, que continue a despedaçar-se.

Anita olha para o bebê adormecido e concorda emocionada. Luigi agradece e retoma a leitura:

Pessoalmente, eu nada esperaria do Império, como nada espero da República, mas é em nome dela e do Povo que confiou em Vossa Excelência o seu destino que vos peço que não desista da Paz; porque é à sombra da Paz que ainda vão triunfar os princípios que propagamos e pelos quais nos temos imolado. A guerra os submergiu sem que deixassem uma só pisada.

Se falei em mim, a isto fui constrangido para prevenir a maledicência. Desprezo-a sempre; porém afrontei-a e, justificando-me, poderei servir ao País.

Com a maior consideração de Vossa Excelência.

Atento servidor.

Luigi não pronuncia seu próprio nome assinado ao final da carta, até porque alguém bate à porta. Levanta-se, caminha três passos, ergue a tranca de madeira, troca duas palavras com o visitante e volta, dizendo simplesmente:

– É um mensageiro de Dona Caetana. Ela pede que vocês dois passem na sua casa, ainda esta tarde, para tratar de um assunto importante.

E, olhando para as duas folhas de papel que ainda segura na mão esquerda, Rossetti diz com amargura:

– Se eu fosse um covarde, pediria a vocês para entregarem esta carta a ela, que deseja tanto a paz como eu... Mas o farei pessoalmente ao General Bento, como é o meu dever.

– Mas... *fratello mio*, feito isso, nada o impede de partir conosco.

– Só vocês me conhecem de verdade, como um dia este *bambino* me conhecerá... E agora, por esta carta, sabem por que eu serei dos últimos a sair daqui. Exatamente para que ninguém confunda com covardia tudo que preguei pela paz.

CAPÍTULO XXII

VIAMÃO, TRINCHEIRA FARROUPILHA,
24 de novembro de 1840

O cerco de Porto Alegre se esgotara. Bento Gonçalves, diante dos últimos acontecimentos, não teve outra opção. Deu ordens ao Coronel Canabarro para seguir, com o *Gavião* e os Lanceiros Negros, pelo caminho mais curto até São Francisco de Paula, um povoado ao pé da serra, onde marcaram encontro para dali a quinze dias. Enquanto ele e seu estado-maior, com os infantes e artilheiros antecedendo as carroças e carretas das famílias em retirada, fariam o contorno por estradas mais planas, passando por Santo Antônio da Patrulha. Ali, onde em 1833 ajudara a erguer as colunas da Loja Maçônica Razão e Virtude, irão incorporar-se preciosos voluntários para enfrentar Labatut e seu exército invasor.

Nas carroças toldadas, partiram Caetana e as duas filhas, além de Anita e Menotti, Isabel Leonor, Eufrásia e outras mulheres e crianças. Garibaldi e seus marinheiros, agora cavalarianos, encarregaram-se da escolta. Desde que abraçara sua mulher e filho, depois de procurá-los desesperado por muitas horas, Giuseppe prometera a Anita que só em último caso os perderia de vista.

– *Addio, fratello Luigi, buona fortuna.*

– *Arrivederci, Giuseppe, arrivederci, Anita*, boa sorte... Cuidem bem do *bambino*, logo estaremos juntos outra vez.

Depois de despedir-se dos amigos, Rossetti fica em Setembrina, para ajudar a defendê-la de um ataque dos imperiais. Ação considerada improvável, ao menos por enquanto. Todos os rumores levam a crer que a guarnição de Porto Alegre vai esperar que o General Labatut liberte a capital da Província, cercada há tantos anos por terra, recebendo todo o auxílio através da Armada.

Nesta manhã, tocado por um pressentimento, Luigi decide ir até a igreja para confiar seus mais preciosos papéis ao Vigário Apostólico. Fardado e de espada à cinta, senta-se diante de seu pequeno *bureau* e começa a selecioná-los. O primeiro que coloca na velha pasta de couro, que o acompanha desde a Itália, é uma carta de Giuseppe Mazzini, datada de 1825, em que seu irmão maçom e líder, refugiado em Londres, o estimula a partir para a América do Sul, onde poderá aliar-se aos movimentos revolucionários republicanos. Quinze anos se passaram, pensa ele impressionado. Mas algo consegui fazer, apesar de todos os obstáculos.

Separa, a seguir, o documento de compra do primeiro barco adquirido com as economias de dez anos do grupo de italianos com quem viveu numa pensão do Rio de Janeiro. Ao ler os nomes de Eduardo Matru, Luigi Carniglia, Pasqual Lodola, Antonio Chiama, Luigi Calia, Americo Staderini e Giovane Sigorra, os primeiros tripulantes da escuna *Mazzini*, que partiu em direção ao sul sob o comando de Garibaldi, Luigi baixa a cabeça, deixando correr as lágrimas.

Recuperando-se aos poucos, abre sobre a escrivaninha o primeiro exemplar impresso do jornal *O Povo*, que oferecera a Procópio, e seu amigo lhe pedira para guardar naquela mesma pasta. É quando a cena de uma madrugada em Piratini, acontecida há pouco mais de dois anos, mas agora longínqua, retorna intacta a sua mente.

Depois de tomarem alguns mates, Rossetti diz para Procópio retirar com cuidado uma das folhas de papel para verem se a tinta já está seca. Não faz isso com as próprias mãos porque elas estão tremendo. Depois de treze anos longe de sua terra, volta a editar um periódico, totalmente inspirado no primeiro que fundou ainda na Universidade de Bolonha.

Procópio coloca com cuidado o jornal sobre a mesa da cozinha, ao lado do candeeiro fumegante. Rossetti se aproxima e sente a garganta estreitar-se mais ainda, quando o ex-escravo pergunta, aproximando do título o dedo indicador:

– O que está escrito aqui?

A resposta vem em italiano aos lábios do jornalista, mas ele tosse duas vezes e fala em português:

– *O POVO*, é o que está escrito em letras grandes. O nome do jornal.

Procópio sorri, mas logo mostra um outro texto no lado direito da folha. Rossetti emociona-se novamente:

– Aqui... aqui está a alma do jornal, a razão dele estar nascendo. Aqui eu traduzi umas palavras do nosso jornal italiano, para sair em todas as edições: *O poder que dirige a revolução tem que preparar os ânimos dos cidadãos aos sentimentos de fraternidade, de modéstia, de igualdade e desinteressado e ardente amor da Pátria. Jovem Itália, Volume V.*

Sem dizer mais nada, Rossetti levanta-se, pega a cuia do apoio de arame trançado, enche mais um mate e o toma sem se dar conta de que a água já esfriou. Depois, dirige-se ao varal onde estão as outras folhas e diz com voz rouca:

– Estão todas secas. Este primeiro jornal que nós lemos, podes guardar para ti. Enquanto levo um exemplar ao General Bento Gonçalves, tu podes dobrar os outros, está bem?

Bento nunca deixou de apoiá-lo na pregação dos *sentimentos de fraternidade, de modéstia, de igualdade e desinteressado e ardente amor da Pátria.* Mas o mesmo não fizeram alguns dos mais importantes *varões da República.* O pior deles, um trânsfuga chamado Bento Manoel Ribeiro, que começara apoiando o 20 de Setembro de 1835 e aderira ao Império, em 1836, para ser Comandante Militar da Província. Nessa condição, após a Batalha da Ilha do Fanfa, assinara um documento libertando os farroupilhas em troca da paz, e logo traíra a palavra empenhada, mandando prender Bento Gonçalves e os membros do estado-maior, dentre eles, seu amigo Tito Lívio Zambecari.

Depois disso, ao perder o cargo, em 1837, Bento Manoel pedira para voltar e fora aceito como General republicano. Nessa condição, traíra outra vez seus companheiros, deixando que as tropas do Coronel Santos Loureiro invadissem Caçapava, em 20 de março de 1840. Após saquearem a cidade, os imperiais partiram em direção a Porto Alegre. O governo republicano voltara, envergonhado, para sua capital. Porém, dois meses depois, com a retirada definitiva, *O Povo* calara-se para sempre.

Rossetti tentara editar um novo jornal em Setembrina, mas suas ocupações como Secretário do Exército Libertador de Santa Catarina o impediram. Se ele existisse, talvez a pregação da paz proposta por Dom Pedro II tivesse obtido melhores resultados. Pensa nisso e logo sorri desencantado. Vou morrer sem deixar de ser um sonhador.

Andiamo amico mio, il tempo vola. Sabendo que deve apressar-se, Rossetti levanta-se, fecha a pasta e caminha em direção à porta. Diante da pequena casa, um soldado o espera com o cavalo alazão pela rédea. O Capitão-Tenente monta, atrapalhando-se um pouco para acomodar a pasta e a espada, e segue em direção à igreja. Estranha a pequena movimentação da Vila, depois da saída do Regimento dos Lanceiros Negros e da maior parte dos infantes e artilheiros, num total de cerca de mil homens, e também algumas famílias. Outros quinhentos soldados ficaram na guarnição e será com o esquadrão de cavalaria, formado por cerca de metade deles, que irá montar guarda na estrada do Mato Grosso, que leva a Porto Alegre.

Restando-lhe poucos minutos, esporeia o cavalo, seguido pelo ordenança, e apeia diante da Igreja Nossa Senhora da Conceição. Passa as rédeas ao soldado e sobe os oito degraus da escada em meia-lua, até o patamar. Impressiona-se, mais uma vez, com a solidez do templo. A porta principal parece muito pequena para os cinquenta e dois palmos de largura da fachada. Além dela, no primeiro piso, abrem-se apenas duas discretas janelas em forma de seteiras. E, recordando São José do Norte, Rossetti imagina em cada uma delas a extremidade de um fuzil com baioneta.

Afastando esse pensamento, apressa-se a entrar na igreja, onde a temperatura lhe parece fresca e agradável. Contempla num olhar amplo os seis altares laterais, altos e dourados, cujas extremidades se aproximam do teto de cor azul-celeste. Sabe que o comprimento da nave é de cento e noventa e cinco palmos e sorri por se lembrar desse detalhe. Quanta coisa inútil, para as pessoas práticas, eu venho guardando nesta cabeça teimosa. Quarenta anos de idade, e continuo igual ao adolescente do porto de Gênova...

– *Si vis pacem, para bellum*? Por entrar na Casa de Deus de espada à cinta, como São Miguel Arcanjo, parece que sim.

Surpreendido com essas palavras, Luigi as traduz em sua mente e responde de imediato:

– É verdade, Vossa Eminência. Embora tenha pregado tanto a paz, aqui estou pronto para a guerra.

O Padre Chagas inclina a cabeça, contente por falar com alguém de igual para igual, e abre caminho ao visitante. Diante do altar-mor, com imagens de Nossa Senhora da Conceição, Nossa Senhora do Parto e Santa Rosa de Lima, imita a genuflexão do religioso e entra atrás dele na sacristia. Luigi conhece bem esta peça ampla, que serve a reuniões importantes, não só eclesiásticas. Ali, durante as eleições, costumam ser escolhidos os vereadores e juízes. Convidado a sentar-se numa das cadeiras de espaldar alto, artisticamente lavradas, ele agradece e diz:

– Como lhe falei da última vez que nos encontramos, peço-lhe para guardar esta pasta com alguns papéis preciosos; mas apenas para mim, nada de oficial ou comprometedor.

– Pode confiá-la aos meus cuidados, sem preocupação. Vou escondê-la entre as relíquias do templo. Como homem culto, tenho certeza que gostaria de conhecer essas obras de arte, na maioria dádivas do Padre João Diniz, o primeiro sacerdote ordenado no Rio Grande do Sul. Herdeiro da Fazenda Boa Vista, com dez léguas de campo, ele fez preciosas doações para esta igreja e para os muitos pobres da região.

Começando a ficar nervoso, Rossetti entrega a pasta ao Padre Chagas e lhe diz:

– Pode me dar a sua bênção? Confesso que sou um homem cheio de pecados...

– Quem não o é, meu irmão em Cristo e na Ordem Maçônica?

Dizendo isso, o sacerdote não sorri. Colocando a pasta sobre a mesa, faz o sinal da cruz, enquanto Luigi se ajoelha a sua frente, atrapalhando-se, outra vez, com a espada.

Sabendo que Rossetti deve apressar-se, o Padre Chagas coloca a mão direita sobre sua cabeça e o abençoa com as palavras mais simples. Depois, numa decisão repentina, decide absolvê-lo de seus pecados, como já o fez com outros militares fiéis, em condições semelhantes:

– *Ego te absolvo a peccatis tuis in nomine Patris, et Filii, et Spiritus Sancti.*

Entendendo perfeitamente o latim, Rossetti levanta-se emocionado. A mesma emoção que toma conta do sacerdote quando se abraçam três vezes e o Padre Chagas lhe diz em despedida:

– Mesmo para a guerra, podes ir em paz, meu irmão.

Agora, à frente de um piquete de cavalarianos, Rossetti procura assumir o papel de oficial republicano. Depois das longas cavalgadas dos últimos dois anos, desde que deixara Piratini para acompanhar Garibaldi no estaleiro do Camaquã, sente-se à vontade no lombo do alazão. Porém, mesmo tendo recebido algumas lições de esgrima, ainda maneja muito melhor a pena do que a espada. Pensa nisso e sorri, enquanto um bando de quero-queros se ergue em alarido a sua frente e começa o tiroteio.

Alguns republicanos tombam, outros atiram a esmo, enquanto, surgidos do nada, aparecem cavalarianos imperiais de todos os lados. Rossetti arranca da espada e consegue, quase por milagre, desviar de sua cabeça um golpe de lança. Ensurdecido por alguns momentos, ouve de repente a gritaria. Agora está só, completamente cercado. Com o alazão pisoteando corpos de soldados, alguns ainda vivos, ele ergue a espada e crava-lhe as esporas, buscando romper o cerco. É quando um inimigo firma a lança na mão direita e o derruba do cavalo.

O Capitão-Tenente cai sobre o capim molhado de sangue. De imediato é cercado pelos soldados de Chico Pedro e volta a escutar os gritos. Cravada de cima para baixo, uma lança atravessa seu peito. O agressor, atingido por uma bala perdida, não consegue recuperar a arma. E Luigi Rossetti morre tentando arrancar a lança com as duas mãos, os olhos arregalados.

Por estranho que pareça, não sente nenhuma dor. Sem entender o que se passa, ouve uma voz conhecida:

– *Venha comigo, seu Luiz. Já sou vaqueano, vou le mostrá o caminho.*

Procópio ajuda Rossetti a levantar-se, os dois se abraçam e seguem lado a lado em direção ao sol.

Assim, *per omnia saecula saeculorum*, a memória do jornalista farroupilha ficará pregada à terra de Viamão.

CAPÍTULO XXIII

SÃO GABRIEL,
18 de maio de 1841

— Comandante Garibaldi, vamos sentir muito a falta de vocês dois. Como estão Anita e o pequeno Menotti?

— Dona Caetana os está mimando, como sempre. Até seu vestido de casamento, uma relíquia, colocou na bagagem da minha mulher.

Bento sorri e volta a mostrar o rosto fechado.

— Lamento que nossa República, depois de tão leais serviços, sem nunca lhe pagar um soldo adequado, só possa remunerá-lo com uma tropa de bois. Espero que, ao vendê-los no Uruguai, consiga recursos suficientes para voltar à Itália.

— É o que faremos, logo que possível. Mas só depois de nosso casamento, cuja licença pode demorar ainda um ano ou mais, segundo nos disse Sua Eminência, o Padre Chagas. Enquanto isso, poderei ganhar o suficiente para nosso sustento. Giovanni Cuneo garantiu por carta que me conseguiu um emprego em Montevidéu como professor de artes náuticas, matemática e geografia.

O General respira fundo e fala:

— Eu o invejo, meu amigo. Como sonhava nosso irmão Rossetti, ao menos vocês três vão encontrar a paz.

Depois de dizer isso, Bento se arrepende, pois o rosto de Garibaldi fica pálido e ele começa a gaguejar, o que é raro:

– Eu... eu gos... gostaria *di fare la pace una volta per tutte...* uma paz duradoura, como queria Luigi, aqui e na Itália. Em honra a sua memória, principalmente, é que estamos partindo.

Bento e Giuseppe ficam calados por alguns momentos. Apenas se ouvem ali próximo relinchos de cavalos e muitos mugidos de bois. Alguns Lanceiros Negros estão ajudando os marinheiros a apartarem os animais menos robustos, que são retirados da enorme mangueira de pedras, que dizem ser do tempo dos jesuítas. Esse serviço, orientado por tropeiros profissionais, vem sendo feito há uma semana e está chegando ao fim. Do total de mil bois prometidos, só poderão ser entregues novecentos em condições de viajar e algumas vacas com crias *taludas* para acalmá-los na marcha e serem ordenhadas pelo caminho. Entre São Gabriel e Montevidéu, pelo trajeto estudado desde que chegaram da longa marcha, no dia 15 de março de 1841, deverão percorrer, no mínimo, cem léguas.

– Não vai ser fácil para Anita e vosso pequeno filho... Com quantos meses ele está?

– Completou oito há dois dias. Mas estou tranquilo, depois que se comportou tão bem nas mais de duzentas léguas que percorremos desde Viamão.

E Garibaldi revê Anita a cavalo a seu lado com Menotti no braço esquerdo e o fuzil enfiado no lado direito dos arreios, sempre ao alcance da mão. Durante três meses, subiram e desceram serras, atravessaram florestas cheias de jaguares e pumas, dormindo entre nuvens de mosquitos, só tomando mate amargo e comendo carne assada ou apenas sapecada pela pressa em partir. E tudo isso sempre a ponto de enfrentar as tropas do General Labatut, que evitaram, de maneira vergonhosa, um encontro frontal com os Lanceiros Negros. Não, depois de tudo isso, não posso me preocupar com Anita e Menotti nesta *tropeada*.

Seu pensamento volta ao amigo Luigi e diz, como para si mesmo:

– Será que o enterraram dignamente?

Entendendo a pergunta, Bento responde pensativo:

– Só o que sabemos é que ele tombou como um valente no combate do Passo do Vigário, nos arredores de Viamão. Como estava fardado de oficial, embora inimigo, certamente foi enterrado por ali mesmo, talvez numa vala comum com seus soldados.

– Ele insistia, mesmo a cavalo, em vestir a farda de nossa Marinha Republicana, que, de fato, nunca existiu...

Bento sacode a cabeça, discordando.

– Não fale assim, meu irmão. Desde que, enfrentando todos os riscos, vocês entraram naquele calabouço imundo da Fortaleza de Santa Cruz, nossa Armada Farroupilha existiu, de fato e de direito, até o presente momento.

– ...

– É verdade que, dos termos da nossa Carta de Corso, que lhe permitia e a seus marinheiros, como soldo, reterem dez por cento de todas as cargas imperiais apresadas, você e seus marinheiros italianos e rio-grandenses com nada ficaram. Passaram privações, embora tomando navios, como aquele famoso proveniente de Recife, que inundou Piratini com açúcar por dois anos.

Por alguns momentos, Garibaldi retorna àquele dia de dezembro de 1836, há mais de quatro anos, quando encontrou Bento Gonçalves pela primeira vez. Navegando no veleiro *Mazzini*, com seus oito tripulantes italianos, já próximos dos paredões da fortaleza, do outro lado da cidade do Rio de Janeiro, ele perguntara:

– Luigi, quem é aquele homem que está nos acenando da pequena praia?

– É o Nico Ribeiro, ordenança do General Bento Gonçalves – disse Rossetti, erguendo o braço direito para acenar.

– E como ele escapou da prisão?

– Não escapou. Veio por conta própria para cá num navio mercante. É ele que nos serve de pombo-correio com os prisioneiros. Nico fez amizade com os carcereiros e sabe em quais deles *podemos confiar.*

– Entendi – disse Garibaldi, acomodando nos cabelos louros o barrete frígio. – Caberá a ele *entregar a recompensa* que nos confiou o irmão Irineu, não é?

Rossetti pôs a mão direita no bolso do gibão e apertou uma pequena bolsa cheia de moedas, dizendo:

– Teremos quinze minutos para conversar com eles. Uma onça de ouro por minuto.

Quando o escaler encostou na pequena praia entre as pedras, Nico Ribeiro os recebeu sorrindo. Indagado se estava tudo em ordem, ele respondera, recebendo a bolsa e a guardando numa sacola de couro que trazia atravessada ao peito:

– Está tudo acertado. Imaginem quem deu o toque da alvorada na fortaleza, esta manhã? Eu mesmo. O corneteiro adoeceu e fui chamado. Vamos logo, que o nosso turno favorável não vai durar muito.

Os três homens entraram no paredão norte por uma pequena porta de ferro, aberta por Nico com uma chave enorme, tirada de sua sacola. Dali seguiram por um corredor estreito, na obscuridade. Subiram dois lances de escadas e desceram mais um, que se abria numa espécie de galeria ladeada por algumas portas de ferro, todas fechadas. Lacraias se agitavam nas paredes úmidas. Cheiro de fumaça, vindo não se sabe de onde, tomava conta do ar rarefeito.

– É a segunda porta do lado esquerdo – disse Nico, exibindo outra chave e avançando alguns passos. – Depois que eu abrir, podem começar a contar os minutos.

Rossetti tirou um relógio da algibeira e conferiu as horas: oito e trinta e cinco. Precisou se abaixar, antes de entrar no cárcere, o mesmo fazendo Garibaldi, embora de pequena estatura. Dentro, cheiro de latrina e de corpos suados. Dois homens se aproximaram, na contraluz de uma janela gradeada, em forma de ogiva. Um deles falou emocionado:

– *Fratelo Luigi... Fratelo Giuseppe...*

– *Fratelo Tito...*

Os três italianos se uniram num único abraço. Depois, Zambecari voltou-se para o homem que os contemplava, sorrindo, e o apresentou:

– Nosso irmão, o General Bento Gonçalves da Silva, *il Presidente della República Rio-Grandense.*

Agora sim, fardado de General Republicano, com o rosto bem escanhoado, e comandando mil homens acampados próximo à mangueira de pedras onde são apartados os bois, Bento está adequado ao título da primeira apresentação. Mas todos os italianos que acompanharam Borel, como era chamado na clandestinidade, estão mortos.

– *Mio Presidente, prego*... desculpe, por favor, tem alguma notícia de nosso irmão Zambecari?

– Nenhuma, infelizmente. Acredito que ainda esteja prisioneiro na Fortaleza de Santa Cruz.

Melhor preso do que morto, pensa Garibaldi. E volta a ver Rossetti no momento da despedida:

– *Addio, fratello Luigi, buona fortuna.*

– *Arrivederci, Giuseppe, arrivederci, Anita,* boa sorte também... Cuidem bem do *bambino,* logo estaremos juntos outra vez.

Novamente pálido, apertando nas mãos o barrete frígio vermelho desbotado, que nunca deixou de usar, Garibaldi volta ao assunto que o atormenta:

– Espero que o tenham enterrado. Quero pensar que sim. Embora esse Chico Pedro, depois que foi ferido por Procópio lá na foz do Camaquã, tenha jurado matar a Luigi e a mim, e *a deixar nossos corpos para os corvos devorarem.*

Bento passa a mão direita pelos cabelos revoltos, agora grisalhos, e procura consolar o amigo:

– Quanto a isso, confio nos oficiais maçons das tropas imperiais, como Silva Tavares e Osório. Devemos acreditar que Rossetti ficou nas mãos do Grande Arquiteto do Universo.

Neste momento, Garibaldi tira do bolso uma folha de papel dobrada em quatro e a entrega para Bento Gonçalves.

– É *una picola*, uma pequena mensagem de despedida para o nosso *caro fratello*. Ditei-a *questa matina* para Anita, evitando erros em português. São palavras que lhe confio para serem gravadas numa pedra, *quando possibili*, no lugar onde Luigi morreu. Leia *per favore* em voz alta, para mim.

Garibaldi ergue-se com certa solenidade e Bento o imita. Pega a folha, a desdobra e lê emocionado:

Oh, Itália, mãe! Acabamos de perder, eu, um dos meus mais caros irmãos; tu, um dos teus mais generosos filhos. Oh, pobre Itália, tu sentirás verdadeiramente a ausência de Luigi Rossetti no dia em que tentares arrebatar o teu cadáver dos corvos que te devoram.

CAPÍTULO XXIV

OS TRÊS ÚLTIMOS ANOS DA GUERRA DOS FARRAPOS

Que século de progresso!
Quem mais se atreve a negar?
O Governo Rio-Grandense
Marcha em carreta a rodar.

Esta quadrinha, possivelmente de autoria do trovador Pedro Canga, ordenança do Coronel Silva Tavares, segue arrancando risadas pelos fogões dos acampamentos imperiais. E isso desde que, abandonando Caçapava em maio de 1840, o Governo Rio-Grandense foi para Setembrina, depois para São Gabriel, voltou a Piratini, veio outra vez para São Gabriel e somente estacionou as carretas por mais tempo em Alegrete, dois anos e meio depois de *começarem a rodar*.

São momentos de ressurreição. Até o jornal *O Povo*, agora com o nome de *O Americano*, renasce na velha tipografia, que nunca foi abandonada. Bento Gonçalves reassume a Presidência, entregando o comando do Exército ao General Netto. São convocadas as tão sonhadas eleições para a Assembleia Constituinte, em todo o território republicano. E, no dia 5 de outubro de 1842, o novo jornal publica a lista dos deputados eleitos. O mais votado é o Vigário Apostólico, Padre Francisco das Chagas, com três mil e vinte e cinco sufrágios.

No mês de novembro, Luiz Alves de Lima e Silva, depois de vencer as insurreições do Maranhão, São Paulo e Minas Gerais, assume a Presidência da Província de São Pedro do Rio Grande do Sul e o Comando das Armas, com plenos poderes outorgados por Dom Pedro II. Seu antigo aluno de esgrima e equitação também o promovera a Brigadeiro e lhe outorgara o título de Barão de Caxias, em homenagem à cidade maranhense onde tivera sua maior vitória.

Nesta madrugada, Caxias desperta ainda no escuro. Por alguns momentos não se dá conta de onde está. Não reconhece o cheiro de mofo, nem a correria de ratos no forro. Sim, está no Palácio do Governo, nome pomposo para este velho casarão no alto da Rua da Igreja, na *mui leal e valorosa cidade de Porto Alegre*.

Doze homens dormiram nesta cama desde o início da Guerra dos Farrapos. Esse é o número de Presidentes que passaram pela Província em sete anos de rebelião. Doze civis e militares afundaram este colchão desde a fuga de Fernandes Braga em 20 de setembro de 1835. Que erros teriam cometido esses homens? Não os repetir, não se afundar nos mesmos atoleiros, deve ser sua preocupação fundamental. Uma guerra não é vencida somente com bravura. É preciso planejar todos os detalhes. Não deixar nada ao sabor do acaso.

Resta agora apenas um foco subversivo em todo o imenso território brasileiro. O mais importante de todos eles. Levantado o cerco de Porto Alegre, reconquistada Viamão e outras comunas da costa atlântica, das margens do Rio Jacuí e da Lagoa dos Patos, os farroupilhas continuam senhores de metade do território da Província. O Brigadeiro Lima e Silva sabe que, após a maioridade de Dom Pedro II, foram feitas tratativas de paz. Chegou até a seus ouvidos a fanfarronada do, agora, General Antônio Netto, recusando-se a aceitar a reintegração ao Império: *Enquanto eu tiver mil piratinenses e dois mil cavalos, a resposta é esta.* E batera nos copos da espada.

Cavalos! Milhares de cavalos são necessários ao exército farroupilha. É preciso lhes impedir a remonta. Um rio-grandense a pé não vale meio soldado, como se viu quando tentaram tomar São José do Norte. Assenhorar-se das cavalhadas da Província e isolar o fornecimento de cavalos vindos do Uruguai. Esse será seu ponto de partida.

Agora, de uma sacada do velho palácio, o novo Presidente e Comandante das Armas contempla o nascer do sol sobre o casario da capital. Ao longe, uma brisa encrespa as águas do Rio Guaíba. Já fardado, dirige-se ao gabinete de trabalho, adjunto ao quarto, e senta-se à escrivaninha. Medita um pouco e escreve sua primeira mensagem oficial:

Rio-Grandenses!

Sua Majestade o Imperador, confiando-me a presidência desta Província e o comando em chefe do seu bravo Exército, recomendou-me que restabelecesse a paz nesta parte do Império, como o fiz no Maranhão, em São Paulo e nas Minas Gerais. A Providência Divina, que de mim tem feito um instrumento de paz para a terra em que nasci, fará com que eu possa satisfazer os ardentes desejos do magnânimo Monarca e do Brasil todo. Bravos Rio-Grandenses! Segui-me e a paz coroará nossos esforços.

Viva a nossa Santa Religião! Viva o Imperador e sua augusta família! Viva a Constituição e a integridade do Império!

Palácio do Governo na leal e valorosa cidade de Porto Alegre, 9 de novembro de 1842.

Barão de Caxias.

No início do ano de 1843, apenas dois meses depois de ser instalada com muita pompa, em Alegrete, a Assembleia Constituinte, três ministros já se demitiram. A oposição orquestrada por Antônio Vicente da Fontoura, o primeiro a romper com o governo, encontra abrigo entre outros deputados. Onofre Pires e Lucas de Oliveira unem-se aos dissidentes. Os ataques ao Presidente da República perdem qualquer moderação protocolar. A nova capital republicana parece um barril de pólvora prestes a explodir. Criando boatos e jogando uns contra os outros, o Vice-Presidente Paulino Fontoura lidera a horda dos intrigantes. E continua sua carreira de *conquistador de mulheres*, segundo os fortes boatos que correm de boca em boca.

Numa madrugada, voltando de uma das suas *noitadas*, Paulino Fontoura é assassinado com um tiro de garrucha. O mais certo, segundo os alegretenses, é que foi a mando de um comerciante local, o marido traído. Mas a violenta oposição acusa Bento Gonçalves de ser o responsável pelo crime. Depois de defender-se inutilmente em algumas sessões da Assembleia, reage com a melhor das respostas: entrega a Presidência da República a Gomes Jardim e o Comando das Armas a David Canabarro. Toma a frente de uma simples Divisão de Cavalaria e parte para enfrentar o Barão de Caxias, que já tomou a vila de Rio Pardo e os povoados de Cachoeira e Santa Maria da Boca do Monte.

Durante os meses seguintes de 1843 e o início de 1844, a tática empregada por Caxias, aliada à ruptura entre os líderes republicanos, acaba confinando os principais combates na fronteira com o Uruguai. Isso porque, em cada vila conquistada, o Comandante das Armas não permite nenhum saque ou retaliação. Ao contrário, manda convocar mulheres, em sua maioria viúvas, e as paga para costurarem fardamentos para seus soldados. Segue para novas conquistas, deixando no local uma pequena guarnição encarregada de manter a ordem. O resultado inicial é favorável. Toma conhecimento de que muitas mães estão impedindo os filhos adolescentes de aderirem ao exército republicano, como costumavam fazer. Além disso, a tática de comprar todos os cavalos disponíveis na Província e nas fazendas uruguaias da fronteira tem sido de grande eficácia.

Nessa situação cada vez mais desfavorável para os republicanos, chega o dia 27 de fevereiro de 1844. Estamos nas pontas do Arroio Sarandi, não longe de Sant'Ana do Livramento. Uma várzea verde-amarelada a se perder de vista. O grosso das tropas farroupilhas se concentra em dois acampamentos. Num deles, está Bento Gonçalves, comandando sua Divisão. No outro, estão Onofre Pires, Vicente da Fontoura e Manuel Lucas de Oliveira, seus três maiores adversários políticos.

O mais agressivo é o Coronel Onofre. Confiado na estatura e corpulência, vaidoso da sua valentia, nunca soube moderar a língua. Os outros dois, mais espertos, não perdem oportunidade de insuflá-lo contra o ex-Presidente.

David Canabarro tivera a melhor das intenções ao reunir seu exército. O plano é um ataque fulminante às tropas do General Bento Manuel Ribeiro. Mas a velha raposa, que trocara de lado três vezes desde 1835, sendo agora imperialista, consegue fugir mais uma vez.

A proximidade dos dois acampamentos reacende as divergências, facilita o trabalho dos intrigantes. Onofre Pires chama Bento Gonçalves de ladrão diante de testemunhas. Obrigado a suportar a falsa acusação de mandante de um crime, Bento não consegue tolerar a nova ofensa. Legalmente, não pode processar Onofre, que é deputado e goza de imunidade parlamentar. Resta-lhe apenas o recurso extremo. Antes de usá-lo, escreve uma carta ao desafeto, dando-lhe a última oportunidade de retratação. A resposta, de um acampamento para o outro, não se faz esperar:

Ladrão da fortuna, ladrão da vida, ladrão da honra e ladrão da liberdade, é o brado ingente que contra vós levanta a Nação Rio-Grandense.

Seguem-se outras palavras do mesmo calão, até o final da carta, possivelmente ditada por Fontoura, bem mais letrado que Onofre:

Deixai de afligir-vos por haverdes esgotado os meios legais em desafronta a vossa honra, como dizeis; minha posição não tolhe que façais a escolha do mais conveniente, para o que sempre me encontrareis. Fica, assim, contestada a vossa carta de ontem.

Nada mais há para fazer. Bento manda encilhar seu cavalo. O filho Marco Antônio quer acompanhá-lo a toda força. Ele o proíbe com firmeza. Trata-se de uma questão de honra, assunto totalmente pessoal. Desembainha a espada e corre um dedo pelo fio. Encurva várias vezes a lâmina de bom aço. Recoloca a espada na bainha. Como de hábito, está com a barba feita e fardado com esmero. Monta e dirige-se ao acampamento de Onofre. A cavalo, ninguém seria capaz de dizer que este homem, esbelto e flexível, se aproxima dos sessenta anos de idade.

Um soldado lhe identifica a barraca do Coronel, que está a sua espera. Bento não apeia do cavalo e diz, sem esconder a emoção:

– Já sabeis para que vos procuro.

– Sim, senhor. Por isso almejava eu.

São primos e irmãos maçons. Juntos começaram a Revolução Farroupilha. Estiveram presos, na mesma ocasião, na Fortaleza de Santa Cruz. Onofre o recebera em Viamão quando Bento retornara ao Rio Grande. Mas o tratamento cerimonioso faz parte da tradição do duelo. Todas as palavras ofensivas foram ditas. Agora é a vez das armas. Lado a lado, os dois homens dirigem-se a um lugar deserto às margens do Arroio Sarandi.

Revisam o terreno plano. Tiram as túnicas e as esporas. Desafivelam os cinturões. Gestos comuns, que o momento faz solenes. As espadas se tocam. Bento olha firme nos olhos de Onofre. Ainda tem o que lhe dizer:

– Após este desafio, espero vos convencer de que teria feito o mesmo com Paulino Fontoura, de cujo assassinato me incriminam, se ele tivesse ofendido a minha honra.

– Nunca vos fiz semelhante injustiça.

A resposta é surpreendente. Será que Onofre está com medo? Impossível. Seu rosto largo retoma a expressão de desdém. As espadas se chocam. Bento parte para o ataque. Sabe não ter fôlego para um combate demorado. Seu adversário é onze anos mais moço e tem uma musculatura assustadora. Mas não é um bom espadachim.

Sob uma saraivada de golpes, Onofre é obrigado a recuar. Recupera-se e ataca, manejando a espada como um sabre. Bento sente o impacto a lhe percorrer o braço. Desvia a lâmina e volta a atacar. Sua estocada passa rente ao ombro de Onofre, que recua outra vez. Bento transpira pelo corpo todo. Sente a respiração curta. É preciso forçar o adversário a arriscar-se, a abrir sua guarda. Onofre segue recuando. Bento baixa a espada e grita-lhe na cara:

– SOIS UM COVARDE!

A reação é imediata. Berrando um palavrão, Onofre atira-se para frente. Quer esmagar o ofensor, fazê-lo em pedaços. Mas Bento apara os golpes com maestria. Cada um capaz de lhe decepar o ombro. Desvia o corpo, de repente, e espicha uma estocada a fundo. O sangue brota do braço esquerdo de Onofre.

Sangue é o preço da honra ofendida. Bento cumprimenta o contendor e dá-se por satisfeito. Porém, o ferimento é leve. Onofre treme de raiva. Ata um lenço no braço e ergue outra vez a espada.

– Em guarda! Um de nós dois ficará aqui.

– Assim o quereis, assim será.

Alguns minutos depois, o General Bento Gonçalves chega a galope de volta ao acampamento. Toma providências para que um médico vá atender o Coronel Onofre Pires, que, ferido por dois golpes de espada, não conseguiu montar em seu cavalo, nem com ajuda do contendor. Cercado por vários Lanceiros Negros que o olham com admiração, apresenta-se ao General David Canabarro. O Comandante das Armas, por tantos anos seu subordinado, ouve o relato de cenho franzido. E dá-lhe voz de prisão.

No amanhecer do dia 3 de março de 1844, Onofre Pires morre em sua tenda de campanha. A gangrena lhe envenenou o sangue. Logo a seguir, o inquérito conclui ter ele *obrado como um homem de honra*. Bento Gonçalves é posto em liberdade. E reassume o comando de sua Divisão.

O duelo farrapo é um verdadeiro toque de silêncio. A revolução está no fim. Apenas a coragem e a vergonha destes poucos homens a mantêm. O Barão de Caxias sente que é o momento oportuno para propor a paz. Um ano dos imperiais sob o seu comando desgastara mais a República do que em todos os anos anteriores.

Em setembro de 1844, ao se iniciar o décimo ano da insurreição, o Barão de Caxias e o General Bento Gonçalves se encontram nas proximidades de Bagé e se apertam as mãos. Reconhecendo-se como irmãos maçons, iniciam uma árdua discussão, mais acabam concordando em promover a paz. E alguns pontos fundamentais são postos por escrito.

Porém, os inimigos de Bento não lhe querem permitir a glória de obter a pacificação. E isso, mesmo às vésperas de uma derrota total. Ou pior, de aceitarem o apoio armado oferecido pelos caudilhos Oribe, do Uruguai, e Rosas, da Argentina. Canabarro responde por escrito a essa oferta com palavras definitivas: *O primeiro de vossos soldados que transpuser a fronteira fornecerá o sangue com que assinaremos a paz com os imperiais.*

Mais uma vez, Bento Gonçalves age com sabedoria. Afasta-se das negociações e deixa Antônio Vicente da Fontoura tomar as iniciativas em nome da República. Avançando essas tratativas, é assinado um armistício, e Fontoura parte para o Rio de Janeiro, onde deverá submeter ao Imperador Dom Pedro II as condições acordadas com o Barão de Caxias.

No acampamento farroupilha, no Cerro dos Porongos, próximo à fronteira do Uruguai, o clima é de festa pelo fim da guerra. David Canabarro, sempre prevenido, relaxa completamente a vigilância. A munição é pouca, e a maioria dos soldados está apenas com armas brancas. Até tarde da noite repicam as violas e passam de mão em mão as guampas de cachaça.

Ao amanhecer, a fuzilaria estala de todos os lados. Os primeiros soldados que se levantam caem mortos ou feridos. A cavalaria imperial entra a galope, pisoteando tudo. O ataque do Coronel Francisco Pedro de Abreu quebra o armistício. Ocorre um verdadeiro massacre, com mais de cem Lanceiros Negros aniquilados e cerca de trezentos feitos prisioneiros.

Quem forjou esse plano maquiavélico para matar ex-escravos cuja alforria constava dos termos de paz com o Império? Seguramente os próprios imperiais, embora o Barão de Caxias tenha afastado de imediato o facínora Chico Pedro para atividades burocráticas em Porto Alegre e condenado com firmeza sua conduta.

A verdade é que a traição não impede a paz. No dia 18 de dezembro de 1844, Dom Pedro II concede anistia aos revolucionários que depuserem as armas. E, no dia 28 de fevereiro de 1845, no acampamento do Ponche Verde, os remanescentes das tropas farroupilhas aprovam as condições estabelecidas. As assinaturas no documento são apressadas, até ilegíveis. Nenhum daqueles homens se orgulha de ser testemunha. Mas as condições, para um exército realmente em farrapos, são a prova do respeito que ainda impõem ao Império:

1 – O indivíduo que for pelos republicanos indicado Presidente da Província é aprovado pelo Governo Imperial e passará a presidi-la.

2 – A dívida nacional é paga pelo Império, devendo apresentar-se ao Barão de Caxias a relação dos créditos para ele entregar à pessoa ou às pessoas, para isso nomeadas, a importância que montar a dívida.

3 – Os oficiais republicanos que por nosso comandante em chefe forem indicados passarão a pertencer ao Exército do Brasil, no mesmo posto, e os que quiserem suas demissões ou não desejarem pertencer ao Exército não são obrigados a servir, tanto em Guarda Nacional quanto em primeira linha.

4 – São livres, e como tal reconhecidos, todos os cativos que serviram na República.

5 – As causas civis, não tendo nulidades escandalosas, são válidas, bem como todas as licenças e despensas eclesiásticas.

6 – É garantida a segurança individual, e de propriedade, em toda a sua plenitude.

7 – Tendo o Barão de organizar um Corpo de Linha, receberá para ele todos os oficiais republicanos, sempre que assim voluntariamente o queiram.

8 – Nossos prisioneiros de guerra serão logo soltos, e aqueles que estão fora da Província serão reconduzidos a ela.

9 – Não são reconhecidos em suas patentes os generais republicanos, porém gozam das imunidades dos demais cidadãos designados.

10 – O Governo Imperial vai tratar definitivamente da linha divisória com o Estado Oriental.

11 – Os soldados da República, pelos respectivos comandantes relacionados, ficam isentos de recrutamento de primeira linha.

12 – Oficiais e soldados que pertenceram ao Exército Imperial e se apresentarem ao nosso serviço serão plenamente garantidos como os demais republicanos.

O *indivíduo* indicado pelos republicanos para presidir a Província, como acertado desde o início com Bento Gonçalves, é o Barão de Caxias. Esse é o compromisso diplomático e maçônico. Mas Caxias aprendera a respeitar a coragem e determinação dos farroupilhas. Além disso, necessita de sua lealdade para defender as fronteiras do Brasil. Assim, as últimas palavras da Guerra dos Farrapos a ele pertencem.

Retornando de Dom Pedrito a Bagé, onde os moradores lhe haviam preparado uma recepção festiva, o Barão de Caxias recebe uma comissão liderada pelo vigário da paróquia. Convidado para os festejos, ele se recusa a participar. Os cidadãos ficam decepcionados e o padre insiste:

– Ao menos venha à igreja para o *Te Deum* em ação de graças pela vitória.

De maneira firme, correndo os olhos por cima das gentes, ele fala, sem levantar o tom de voz:

– *Reverendo, este triunfo custou sangue brasileiro, e as desgraças dos meus concidadãos não podem ser festejadas. A necessidade obrigou-me a combater dissidentes, mas os meus sentimentos de brasileiro fazem-me prantear as vítimas. Assim, em lugar do* Te Deum *em ação de graças, reverendo, celebre uma missa pelos mortos em combate e eu irei assistir a ela com meus oficiais e soldados.*

CAPÍTULO XXV

PORTO ALEGRE E VIAMÃO,
2 a 8 de dezembro de 1845

Caxias se acorda com a boca seca. Por alguns momentos não reconhece onde está. Seu primeiro sono é sempre longo e profundo. Move-se no colchão duro e a cama estala. Que horas serão? Certamente, muito cedo para se levantar. Tem sede e tateia a mesa de cabeceira em busca da moringa. Cuidara para que o criado a deixasse ali. Desde a campanha do Maranhão, seu fígado o faz sofrer. Conseguira curar-se da malária graças a sua constituição robusta e disciplina no tratamento. Mas ainda é sujeito a acessos febris.

Na beira da cama, pega o garrafão de cerâmica e tira-lhe a tampa. Sente seu formato nos dedos e sorri. *Moringue*, outra maneira de dizer moringa, é o apelido do Coronel Francisco Pedro de Abreu, agora Barão do Jacuí. Aquele cabeçudo sanguinário conquistou adeptos na Corte que levaram o Imperador a dar-lhe esse título de nobreza. Não importa, também outros devem estar descontentes por eu ser agora Conde de Caxias, tendo Dom Pedro II considerado desnecessário fazer-me Visconde, ou *Vice-Conde*, como é a norma habitual. E não deixou de dar um merecido título de nobreza ao bravo Coronel Silva Tavares, agora Barão do Cerro Alegre. E também o de Barão de

Porto Alegre ao seu verdadeiro libertador, o Coronel Manuel Marques de Souza.

Caxias ergue a moringa e bebe diretamente no gargalo. Água leve e fria. Nenhum gosto de barro. É quando ouve o canto de um galo, bem distante. O jovem Imperador, para quem cedeu o quarto reservado ao Presidente da Província, aquele em que doze homens antes dele *afundaram o colchão*, de setembro de 1835 a novembro de 1842, costuma se acordar de madrugada. Ainda mais hoje, por ser o dia do seu aniversário. Pensa nisso e sorri. De minha parte, o melhor presente já lhe dei ao cumprir o prometido há três anos.

O menino louro, a quem dera aulas de esgrima e equitação, havia crescido. Porém, seus olhos azuis mantinham a mesma candura. Pouco evoluíra nas artes marciais, dedicando-se a adquirir uma cultura humanística extraordinária. Calmo e reservado, nada herdara do temperamento explosivo do pai. Sorria para Caxias, ao dizer:

– Sinto muito, mas vou cobrar-lhe a promessa que me fez na infância. As Províncias do Rio da Prata e a República do Uruguai estão sendo insufladas a uma guerra contra o Brasil. Os farroupilhas da Província de São Pedro já esgotaram todos os nossos limites de paciência. Vá para lá, com todos os poderes, e pacifique aqueles revoltosos, como fez no Maranhão, São Paulo e Minas Gerais.

Sim, desde fevereiro de 1845, o Rio Grande do Sul está pacificado e pronto a lutar pelo Brasil. O próprio Coronel Bento Gonçalves da Silva, vestindo seu uniforme anterior à Revolução Farroupilha, e com as medalhas que recebeu nas campanhas da Cisplatina e na Batalha do Passo do Rosário, pretende apresentar-se a Dom Pedro II, em sua futura visita a Triunfo, e deve acompanhar-nos até Rio Pardo. Da última vez em que conversamos, mostrou-se interessado em conhecer o Almirante Grenfell, comandante da Armada que acompanha o Imperador, maior responsável pela única verdadeira derrota que sofreu em todos esses anos, ali bem perto, na Ilha do Fanfa.

Por mim, ele estaria também aqui para as comemorações dos vinte anos de Sua Majestade. Mas o Barão *Moringue* inventou uma peça teatral para o dia 7 de dezembro, uma encenação do Combate do Passo do Vigário, em que se ufana de ter *derrotado sozinho os farroupilhas*. Insistiu em recriar o que aconteceu naquele dia 24 de novembro de 1840, próximo a Viamão. E isso na véspera da visita do Imperador e da Imperatriz à Igreja Nossa Senhora da Conceição, no dia 8 de dezembro, data consagrada à Virgem Santíssima. Acontece que ele está chamando esse exercício militar de *vitória contra Bento Gonçalves*, o que não é verdade, pois o então Presidente e General estava, naquele dia, muito longe dali, no comando das tropas que enfrentaram o General Labatut, no alto da serra.

Outro galo canta e Caxias caminha até o janelão que se abre para a Praça da Matriz. Torce a maçaneta e empurra a velha estrutura de madeira com o ombro. Ainda está escuro. Respira fundo o ar da madrugada, pensando em sua mulher e nas duas filhas, lá no Rio de Janeiro. Ana Luiza lhe mandara uma carta perguntando-lhe quando voltará... Acredita que em breve, pois considera sua missão cumprida. Três anos sem ver Anica, Aniquinha e Aniquita, como chama carinhosamente as três, foi a maior prova de lealdade que deu ao Brasil.

Dia claro, após tomar o desjejum no quarto, o Conde de Caxias vai para seu gabinete de trabalho, de onde redige um pequeno texto endereçado a Dom Pedro II, cumprimentando-o pelo seu vigésimo aniversário e colocando-se à disposição para quando deseje recebê-lo. Feito isso, o Presidente da Província manda chamar o oficial do Exército que aguarda na sala de espera.

– Bom dia, Capitão Alexandre.

– Bom dia, senhor Conde.

O recém-chegado é um jovem alto, louro e com grandes olhos azuis. Muito diferente fisicamente do Barão de Porto Alegre, que o adotou com oito anos de idade, quando da chegada dos primeiros imigrantes alemães, em 1824. Seu pai morreu durante a travessia e sua mãe também, logo ao chegar ao Brasil, mordida por uma cobra. O Tenente Marques de Souza, que estava na cidade do Rio Grande, sua terra natal, tinha apenas vinte anos de idade, ainda era solteiro, mas adotou o menino de oito anos e o criou como filho.

– Seu pai já lhe explicou a importância... e os riscos da sua missão?

– Perfeitamente, será uma honra para mim.

– Muito bem, vou apresentá-lo daqui a pouco ao Senhor Imperador, que já o aceitou como seu ajudante de ordens durante os próximos dias. Dom Pedro conhece suas credenciais como jovem oficial do Exército Brasileiro, um dos raros nascidos na Alemanha, e os serviços prestados ao Brasil pelo Senhor Barão de Porto Alegre. O que não dissemos a ele, caso contrário o rejeitaria, é que, além de todos os seus atributos, necessitamos também da sua estatura física para ser o guarda-costas de Dom Pedro II.

Dito isso, Caxias ergue os olhos e ambos sorriem. Sim, não foi fácil, entre tantos oficiais descendentes de portugueses, encontrar alguém com os mesmos seis pés e quatro polegadas do Imperador, que herdara essa altura do lado materno. Além disso, quando necessário maior sigilo, Dom Pedro II poderá dar ordens em alemão ao Capitão Alexandre.

Onze horas da manhã. O Imperador e a Imperatriz, portando coroas e com as roupas de gala cobertas por longas capas azuis e brancas, surgem no portal do Palácio do Governo. De imediato começam a troar os canhões dos navios de guerra surtos no porto, todos eles cercando o vapor *Constituição*, que transportou Suas Majestades desde o Rio de Janeiro, com uma longa escala na Ilha do Retiro, capital da Província de Santa Catarina. Logo a seguir, soam os tiros de festim dos canhões do batalhão de artilharia que ocupa a parte fronteira da Praça da Matriz. O povo se espalha pelos demais espaços próximos e distantes. Quando a fumaça se dissipa, Dom Pedro II e Dona Thereza Christina se encaminham para a Igreja Matriz, ao lado do palácio.

Como uma sombra, o Capitão Alexandre posiciona-se exatamente atrás do Imperador, enquanto Caxias protege a Imperatriz, bem mais baixa do que ele. A seguir, seguem os nobres da comitiva e alguns oficiais generais. O cortejo entra pela porta principal da igreja, lotada de autoridades da capital, vereadores da Câmara Municipal e suas esposas, Corpo Consular, muitos oficiais do Exército e da Força Naval. No altar, os espera o Bispo do Rio de Janeiro, Dom Manoel do Monte, que rezará o *Te Deum*, uma vez que não existe nenhum bispado na Província do Rio Grande do Sul.

Mais tarde, em sua homilia proferida do alto do púlpito, ele recorda um fato impressionante. No dia 23 de fevereiro de 1845, cinco dias antes da assinatura da Paz do Ponche Verde, nasceu no Palácio de São Cristóvão o Príncipe Dom Afonso, herdeiro do trono do Brasil:

– Esse fato alvissareiro revela como a própria mão de Deus abriu caminho para um longo futuro de paz cristã para todos os brasileiros.

Ouvindo essas palavras, Caxias pensa na felicidade dos pais do menino de dez meses, deixado no Rio de Janeiro para não sofrer tão longa viagem, quando souberam que, no dia seguinte, colocarão a pedra fundamental no terreno onde será construído um colégio com seu nome, o Liceu de Dom Afonso. A primeira escola desse nível, ao estilo francês, na Província tão carente de ensino público.

A comitiva imperial voltando ao palácio, se assim se pode chamar o casarão de muitas portas e janelas que domina o alto da *coxilha*, começa a cerimônia do *beija-mão*. E atribuição de medalhas, como a da Ordem da Rosa e outras de menor valor, aos súditos sedentos de honrarias.

Exatamente às cinco horas da tarde, no Campo da Várzea, por onde os farroupilhas, dez anos antes, surgiram das bandas de Viamão para tomar a cidade, são realizados os festejos ditos *populares*. Do alto de um sólido palanque montado especialmente para o evento, Suas Majestades Imperiais, entre o tremular de bandeiras e o toque de clarins, assistem ao desfile militar. Passam diante deles batalhões do 2º Regimento de Fuzileiros, do 2º, 7º e 8º Regimento de Caçadores, do Corpo de Cavalaria da Guarda Nacional, sob o comando do Tenente-Coronel Andrade Neves, e do Corpo de Artilharia Montada.

À noite, são acesas luzes por toda a cidade e distribuídas bandas para o povo dançar nas praças. Fogos de artifício sobem aos céus, como também subiram para comemorar a tomada de Porto Alegre, no dia 20 de setembro de 1835.

No dia 7 de dezembro, no Passo do Vigário, próximo a Viamão, realizam-se as manobras militares para comemorar a vitória das tropas imperiais no dia 24 de novembro de 1840. Durante três horas, são queimados sessenta mil cartuchos, e cavalos pisoteiam o lugar onde caiu morto o Capitão-Tenente Luigi Rossetti, agora completamente esquecido.

Após as festividades pela *derrota de Bento Gonçalves*, a comitiva imperial entra em Viamão, também em festa para receber o Imperador e a Imperatriz. Sempre com o Capitão Alexandre e o Conde de Caxias às suas costas, dirigem-se à Casa Paroquial, um belíssimo imóvel próximo à igreja, onde passarão a noite. São recebidos pelo Padre Zeferino José Dias Lopes, o Vigário da Paróquia, que os espera ao lado do Bispo do Rio de Janeiro, Dom Manoel do Monte. Logo atrás deles, o Padre Francisco das Chagas, que, reintegrado em suas funções eclesiásticas numa pequena paróquia, voltou especialmente para os festejos de Nossa Senhora da Conceição.

Dez horas da manhã do dia 8 de dezembro de 1845. A chuva cai forte sobre a igreja repleta de fiéis. Muitos estão fora da nave, completamente molhados. A *caleche* dourada aguarda o Imperador junto da escadaria, seus seis cavalos tordilhos de cabeças baixas. Muitos outros veículos com cavalos atrelados ocupam a praça. Um Batalhão de Caçadores cerca toda a área, controlando a entrada.

A missa festiva está em seu final. Com o suor escorrendo pela testa ampla, o jovem Dom Pedro II é levado ao altar-mor pelo Bispo, sempre seguido por dois coroinhas muito risonhos. Alguns religiosos paramentados, entre eles o Vigário Zeferino e o Padre Chagas, participam da cerimônia. O Imperador espera que todos voltem a sentar-se, como solicita o Bispo, mas poucas pessoas o fazem, a maioria mantendo-se de pé. Então, enxuga a testa e o rosto avermelhados com um lenço de seda branca e começa a falar:

– Povo da Vila de Viamão, a primeira região brasileira povoada nesta Província de São Pedro, por famílias cristãs vindas de Laguna e da Colônia do Sacramento, há mais de um século.

Por conhecer e respeitar a vossa História, aqui esteve antes de mim o Imperador Dom Pedro I, meu saudoso pai, exatamente no dia 8 de dezembro de 1826. Três dias depois faleceu no Rio de Janeiro a Imperatriz Leopoldina, minha mãe, deixando-me com apenas um ano de idade.

Quando me aproximava dos seis anos, meu pai abdicou do Trono do Brasil em meu nome e partiu para Portugal. Nunca mais o vi, até que também veio a falecer, em Lisboa, no dia 24 de setembro de 1834, como o Rei Dom Pedro IV.

Com oito para nove anos, órfão de pai e mãe, fui à capela do palácio e ajoelhei-me diante da imagem de Maria Santíssima, mesma padroeira desta igreja, erguida como uma fortaleza de proteção da fé.

O mesmo vou fazer agora, pedindo-lhe que dê a mim, como Imperador do Brasil, a Thereza Christina, minha esposa e vossa Imperatriz, a nosso filho Afonso, com dez meses de idade, Príncipe Herdeiro do Império do Brasil, e a cada habitante de Viamão e seus familiares a graça da sua piedade maternal.

Dom Pedro II aproxima-se da imagem de Nossa Senhora da Conceição, se põe de joelhos, e com ele todos os fiéis das duas longas fileiras de bancos, além dos que estavam de pé nos espaços disponíveis, inclusive sob a chuva, na entrada do templo.

Retomando a palavra, o Bispo Dom Manoel do Monte reza em voz alta a oração, fazendo lágrimas brotarem nos olhos da Imperatriz e dos mais emotivos:

Ave Maria, cheia de graça
O Senhor é convosco
Bendita sois vós entre as mulheres
E bendito é o fruto de vosso ventre, Jesus

Santa Maria, Mãe de Deus
Rogai por nós pecadores
Agora e na hora de nossa morte

Amém

Todos de pé novamente, o Bispo e os coroinhas acompanham Dom Pedro II até seu lugar na primeira fila e voltam ao altar. Ali, num gesto amplo, o oficiante abre os braços, faz o sinal da cruz e pronuncia em latim as palavras finais:

Ite, missa est.

EPÍLOGO

Noite escura. O cavaleiro apeia-se diante da igreja. Olha mais uma vez com admiração para sua estrutura compacta, que mais parece uma fortaleza, e puxa o cavalo zaino para um recanto discreto. Ali o maneia e bate-lhe suavemente no pescoço suado. Consulta as estrelas e espera um pouco mais.

Dentro da igreja, sentado à cabeceira da mesa da sacristia, o Padre Chagas relê a carta que acaba de escrever:

Viamão, 8 de dezembro de 1845

Meu General e Presidente Bento Gonçalves.

Como combinado, estou aguardando o Cabo Nico para entregar-lhe esta carta e o material histórico que lhe prometi. Como corneteiro, ele deve ter conseguido a mobilidade suficiente para cumprir sua missão.

Preciso dizer-lhe que, com a graça de Deus, tudo ocorreu a contento. O Vigário Zeferino, antigo colega de Seminário, apresentou-me ao Senhor Bispo do Rio de Janeiro, que me tratou dignamente. Convidou-me até a participar da cerimônia religiosa desta manhã, indicando-me depois para assumir uma paróquia mais importante, até no Rio de

*Janeiro, se fosse meu desejo. O que declinei, pouco antes de sua partida
para Porto Alegre, na comitiva do Imperador.*

*Como me solicitou, envio-lhe notícias recebidas de Montevidéu so-
bre nosso Comandante Garibaldi e sua amada Anita. Por carta do próprio punho, informa que seu casamento religioso foi realizado na Igreja
São Francisco de Assis, após testemunhas atestarem que Anita estava
livre e desimpedida, pois ninguém mais soube notícias de seu ex-marido
em Laguna. Assim, não foi necessário aguardar pelo longo processo no
Vaticano. Outra boa notícia, que lhe peço transmitir a Dona Caetana,
é que o menino Menotti foi batizado alguns dias depois do casamento.
Ela também ficará feliz em saber que o casal tem mais duas meninas,
Rosa e Tereza, tendo a mais jovem nascido no mês de março deste ano.
Garibaldi está lutando ao lado dos uruguaios para manter a independência do país frente às Províncias Unidas do Rio da Prata, mas não
desistiu do sonho de voltar à Itália.*

*Retornando ao momento presente, acabo de recolher da cripta,
onde esteve escondida desde o dia 24 de novembro de 1840, a velha pasta de couro que me foi entregue por nosso irmão Luigi Rossetti, no dia de
sua morte. Nunca a abri, mas sei por suas próprias palavras que contém
o primeiro exemplar impresso do jornal* O Povo, *que um dia pertenceu
a seu auxiliar Procópio; uma carta que recebeu de Giuseppe Mazzini
dizendo-lhe para vir lutar pela República na América do Sul; e outros
documentos pessoais que necessitam ser preservados para o futuro.*

*Tenho convicção de que o Brasil, como os demais países deste con-
tinente, ainda será uma República Federativa, como sempre foi o nosso
sonho. E, quando isso acontecer, é preciso que o sacrifício de Rossetti seja
avaliado em sua exata dimensão, principalmente aqui em Viamão, a
nossa Trincheira Farroupilha, mas também na História do Brasil e da
própria Itália.*

*Sei que, depois de cumprida a missão de acompanhar o Imperador
até Rio Pardo, seu desejo é passar para a reserva e seguir vivendo com sua
família na Estância do Cristal, lá perto onde Garibaldi e seus marujos
construíram os barcos* Seival *e* Farroupilha. *Logo que possível irei visi-
tá-los.*

O tempo urge; seguramente o nosso Cabo Nico, sempre pontual, já deve estar chegando para recolher esta carta.

Receba o tríplice e fraternal abraço deste seu irmão maçom e a minha bênção cristã, em nome do Pai, do Filho e do Espírito Santo.

Com afeto e admiração,

Francisco das Chagas

Dez horas da noite. Como combinado, Nico Ribeiro aproxima-se da única janela iluminada e bate suavemente, como há pouco fizera no pescoço suado de seu cavalo zaino.